古诗词名句600句

傅玉芳 ——— 编

上海大学出版社

图书在版编目(CIP)数据

翻几页,就入睡了:古诗词名句600句 / 傅玉芳编. 上海:上海大学出版社, 2024.8. -- ISBN 978-7-5671-5048-5

Ⅰ.I222

中国国家版本馆CIP数据核字第202418LL66号

责任编辑　庄际虹
书籍设计　缪炎栩
技术编辑　金　鑫　钱宇坤

翻几页,就入睡了
——古诗词名句600句

傅玉芳 编

出版发行	上海大学出版社出版发行
地　　址	上海市上大路99号
邮政编码	200444
网　　址	www.shupress.cn
发行热线	021-66135109
出 版 人	戴骏豪
印　　刷	句容市排印厂
经　　销	各地新华书店
开　　本	787mm×1092mm　1/32
印　　张	8
字　　数	160千
版　　次	2024年9月第1版
印　　次	2024年9月第1次
书　　号	ISBN 978-7-5671-5048-5/I·708
定　　价	58.00元

版权所有　侵权必究
如发现本书有印装质量问题请与印刷厂质量科联系
联系电话: 0511-87871135

001	宇宙自然
039	品行修养
051	积极进取
061	豪情壮志
073	挚友真情

083	离情别恨
097	忧愁思念
113	婚姻爱情
123	思乡怀故
133	节令抒怀

141	惜时伤感
153	托物抒情
161	忧国忧民
171	针砭时弊
179	军旅纪实

189	勤劳困苦
199	技艺才干
211	人生境遇
223	事业志向
229	繁华·喜庆·丰收
239	生活·处世·哲理

01 / 宇宙自然
YUZHOU ZIRAN

- 山气日夕佳,飞鸟相与还。

　　　　　　　◇　[晋]陶潜《饮酒二十首》之五

　　傍晚时山中云气聚集、飞鸟结伴归巢。诗句让人从自然景色中领略到无限乐趣。

- 狗吠深巷中,鸡鸣桑树颠。

　　　　　　　◇　[晋]陶潜《归园田居五首》之一

　　鸡是栖息在桑树上的,而桑树又是种在屋前后的,所以有"鸡鸣桑树颠"句,再加上深巷的犬吠,写出郊居闲适之趣。

- 日华川上动,风光草际浮。

　　　　　　　◇　[南朝·齐]谢朓《和徐都曹出新亭渚》

　　诗句前句写日,后句写风:太阳的光辉是从水中反映的,风的吹动是由草衬出的,突出水波的荡漾和细草的柔嫩。

- 余霞散成绮,澄江静如练。

  ◇ [南朝·齐]谢朓《晚登三山还望京邑》

  诗句清新亮丽,描写出天水相映的美丽景色:晚霞四射,铺散成一片锦缎,清澈的江水平静得好似一条白绸。

- 林断山更续,洲尽江复开。

  ◇ [南朝·齐]王融《江皋曲》

  诗句描绘出一幅活动的山水画面:树林断开的地方有山接续着,水洲的尽头,江面又开阔起来。

- 蝉噪林逾静,鸟鸣山更幽。

  ◇ [南朝·梁]王籍《入若耶溪》

  诗句匠心独运,以"蝉噪""鸟鸣"来衬托一种静的境界,使山林显得更加寂静幽深。

- 远峰带云没，流烟杂雨飘。

    ◇ ［南朝·梁］鲍至《奉和往虎窟山寺诗》

    诗句仿佛是一幅描写雨景的写意画：混杂着细雨的雾霭飘动着，远处的山峰在云气中隐没。

- 空山不见人，但闻人语响。返景入深林，复照青苔上。

    ◇ ［唐］王维《鹿柴》

    诗句描绘的是鹿柴附近的空山深林在傍晚时分的幽静景色：空山杳无人迹，却听到人声；只有夕阳照在青苔之上。

- 绿树村边合，青山郭外斜。

    ◇ ［唐］孟浩然《过故人庄》

    从村中看村的四周都是树，所以说："绿树村边合。"远远望去，城的外面横着一片青山，所以说："青山郭外斜。""合"与"斜"两字把隐没在树林中的村庄的清丽景色，写得幽静动人。

宇宙自然
YUZHOU ZIRAN

- 野旷天低树，江清月近人。

  ◇ ［唐］孟浩然《宿建德江》

  诗句极言原野之宽阔，江水之清澈：放眼望去，远处天地相连，仿佛天比树还低；人在船上，明月倒映在水中，好像与人靠得很近。

- 山风吹空林，飒飒如有人。

  ◇ ［唐］岑参《暮秋山行》

  诗句写诗人独步山林时的感受：山上的秋风吹进空寂的树林，树叶沙沙作响好像有人进入林中。

- 轮台九月风夜吼，一川碎石大如斗，随风满地石乱走。

  ◇ ［唐］岑参《走马川行奉送出师西征》

  诗句夸张地描写了轮台九月的狂风："吼"字，极言风声之狂；"大如斗"，突出碎石之大；"石乱走"，力状风力之猛。

- 自去自来梁上燕,相亲相近水中鸥。

  ◇ [唐]杜甫《江村》

  自去自来:自由自在地飞行。相亲相近:远近相随,形影不离。诗句以燕子的"自去自来"、江鸥的"相亲相近"描写江村景物的幽雅。

- 留连戏蝶时时舞,自在娇莺恰恰啼。

  ◇ [唐]杜甫《江畔独步寻花七绝句》之六

  诗句以"花枝上彩蝶蹁跹起舞",暗示出花的芬芳鲜艳,又以"黄莺动听的歌声"将沉醉花丛的诗人唤醒,写出无限春光令人陶醉的情趣。

- 细雨鱼儿出,微风燕子斜。

  ◇ [唐]杜甫《水槛遣心二首》之一

  诗句的大意是:鱼儿在毛毛细雨中摇曳着身躯,喷吐着水泡,欢快地游到水面上;燕子轻柔的躯体,在微风的吹拂下,倾斜着掠过水蒙蒙的天空。

宇宙自然
YUZHOU ZIRAN

- 两个黄鹂鸣翠柳，一行白鹭上青天。窗含西岭千秋雪，门泊东吴万里船。

    ◇ ［唐］杜甫《绝句四首》之三

    诗句咏杜甫草堂前四景：耳听黄鹂鸣，仰看白鹭飞，远眺西岭雪，近观万里船。情调优美，意境旷远。

- 白帝城中云出门，白帝城下雨翻盆。

    ◇ ［唐］杜甫《白帝》

    诗句夸张地描写出白帝城之高和云雨翻腾之奇险。成语"倾盆大雨"即由此而来。

- 曲终人不见，江上数峰青。

    ◇ ［唐］钱起《省试湘灵鼓瑟》

    "曲终人不见"，只闻其声，不见其人，给人以一种扑朔迷离的怅惘；"江上数峰青"，使湘灵鼓瑟所造成的一片似真如幻、绚丽多彩的世界，一瞬间都烟消云散。景色如此恬静，给人留下悠悠的思恋。

- 天街小雨润如酥,草色遥看近却无。

    ◇ [唐]韩愈《早春呈水部张十八员外二首》之一

    诗句描写春草乍生未生之时的景致:远远望去,仿佛有一片极淡极淡的青青之色,走近去看个仔细,却是稀稀朗朗的极为纤细的嫩芽。

- 千山鸟飞绝,万径人踪灭。孤舟蓑笠翁,独钓寒江雪。

    ◇ [唐]柳宗元《江雪》

    这是一幅绝妙的雪景画,人物与景色浑然一体:在千山万径人鸟踪灭的冰雪世界里,有一只小船漂浮在江面上,船上有个披蓑戴笠的渔翁在垂钓。

- 大漠沙如雪,燕山月似钩。

    ◇ [唐]李贺《马诗二十三首》之五

    大漠:广大的沙漠。沙如雪:白沙远看似雪。月似钩:指弯弯的月亮。诗句描写边塞壮阔的自然景色。

- 数丛沙草群鸥散,万顷江田一鹭飞。

　　　　　　　　　　　　◇ ［唐］温庭筠《利州南渡》

　　诗句是一幅极美妙的风景画：船过沙滩，惊散了沙草中成群的鸥鸟，回望万顷江田，只有一只白鹭在飞翔。

- 芳草有情皆碍马,好云无处不遮楼。

　　　　　　　　　　　◇ ［唐］罗隐《绵谷回寄蔡氏昆仲》

　　芳草遍地，有心留住人而使马走不快；彩云片片，处处遮掩着楼台。诗句把景物写得处处有情，使人禁不住停下脚步来欣赏。

- 冲天香阵透长安,满城尽带黄金甲。

　　　　　　　　　　　　　◇ ［唐］黄巢《不第后赋菊》

　　香阵：一阵阵的香气。带：披挂。诗句以拟人手法描写长安城里菊花盛开的景象：菊花色黄，花瓣像甲片，就像身披黄金甲的战士。

- 人人尽说江南好，游人只合江南老。

　　◇　［前蜀］韦庄《菩萨蛮》

　　合：应，合当。词句由别人之口言江南之美好，有劝游子留下之意。

- 对潇潇暮雨洒江天，一番洗清秋。

　　◇　［宋］柳永《八声甘州》

　　词句以清秋的暮雨起笔，使凄凉之感暗生：暮雨潇潇，洒遍江天，千里无际，本已气肃天清的万物，加此一番秋雨，更是清至极处。

- 好峰随处改，幽径独行迷。

　　◇　［宋］梅尧臣《鲁山山行》

　　诗句极言山景之幽：山峰秀丽，峰回路转，在幽雅的山间小路上行走，情不自禁地被山色陶醉。

- 折得一枝香在手,人间应未有。

　　　　　　　　　　　◇ ［宋］王安石《甘露歌》

　　词句歌咏梨花,它的洁白清香,简直不是人间应有的东西。

- 一水护田将绿绕,两山排闼送青来。

　　　　　　　　　　◇ ［宋］王安石《书湖阴先生壁》

　　诗句以拟人手法巧妙地把静止的景物写得生动活泼,富有情趣:小溪以它的绿水环绕着农田,担负着"守护"农田的任务;青山"推开小门"把青翠的山色送进屋来。

- 青山缭绕疑无路,忽见千帆隐映来。

　　　　　　　　　　　◇ ［宋］王安石《江上》

　　诗句洗练,犹如一幅风景画,写出回环旋转的江岸景色。此诗句与"山重水复疑无路,柳暗花明又一村"有异曲同工之妙。

- 花褪残红青杏小。燕子飞时,绿水人家绕。

    ◇ [宋]苏轼《蝶恋花》

    花褪:花谢。词句写出暮春时节的景色。

- 当年不肯嫁春风,无端却被秋风误。

    ◇ [宋]贺铸《踏莎行》

    这是咏荷花的词句,意思是:当年不肯嫁给春风,如今却没来由地受到秋风的摧折。

- 叶上初阳干宿雨,水面清圆,一一风荷举。

    ◇ [宋]周邦彦《苏幕遮》

    词句寥寥几笔,写出一种活泼清远的意境:宿雨初收,晓风吹过水面,在红艳的初日照耀下,圆润的荷叶,绿净如拭,亭亭玉立的荷花,随风一一轻动起来。

宇宙自然
YUZHOU ZIRAN

- 却有一峰忽然长，方知不动是真山。

    ◇ ［宋］杨万里《晓行望云山》

    长：指山峰变得高大。诗句把遥看云彩、山峰变幻的景致，写得生动而形象。

- 小荷才露尖尖角，早有蜻蜓立上头。

    ◇ ［宋］杨万里《小池》

    诗句以清新灵活的笔调，把平凡的景物描写得充满生活气息：荷叶刚刚露出嫩绿的尖角，便有戏水的蜻蜓停立在上面。

- 七八个星天外，两三点雨山前。旧时茅店社林边，路转溪桥忽见。

    ◇ ［宋］辛弃疾《西江月》

    词句写出词人晚间行路、旧地重游的喜悦心情：几颗星星挂在天边，几点雨滴洒在山前。过了小溪上的桥，拐个弯，那个熟悉的茅店就在土地庙的树林边出现了。

- 柳叶乱飘千尺雨,桃花斜带一溪烟。

  ◇ [清]吴伟业《鸳湖曲》

  诗句的大意是:柳叶在连天的细雨中随意飘拂,桃花在满溪的云烟外逶迤盛开。

- 明月澄清景,列宿正参差。

  ◇ [三国·魏]曹植《公宴》

  诗句以清新、自然的语言,描绘出一幅宴会时的夜空图:明月发射出清澈的光辉,群星隐隐约约地稀疏相映。

- 明月照高楼,流光正徘徊。

  ◇ [三国·魏]曹植《七哀诗》

  诗句描绘出一幅明月高悬、寒光逼人的夜景图:皎洁的月亮照在高楼上,溶溶如水的月光正徘徊不前。

- 照之有余辉，揽之不盈手。

  ◇ ［晋］陆机《拟明月何皎皎》

  诗句生动形象地描绘出月光有形而无质的特点。

- 滟滟随波千万里，何处春江无月明？

  ◇ ［唐］张若虚《春江花月夜》

  诗人眼望春江月夜，不禁思绪万千，浮想联翩。诗句用反问句式，写出春江月夜的迷人景色：月光随着潮水涌进江流，万里江水，哪一处没有皎洁的月光？

- 残雪暗随冰笋滴，新春偷向柳梢归。

  ◇ ［宋］张耒《春日》

  诗句描写细致入微，从冰凌的融化看到冬天已悄悄地远去；由柳树枝头的嫩芽看到春天正偷偷地归来。

- 月出惊山鸟,时鸣春涧中。

  ◇ [唐]王维《鸟鸣涧》

  诗句以月亮升起,惊醒睡在树上的山鸟,鸟鸣声在山涧中回荡,极言月亮的亮与夜晚的静。

- 一片水光飞入户,千竿竹影乱登墙。

  ◇ [唐]韩翃《张山人草堂会王方士》

  诗句描写阳光,却通过其他景物的变化表现出来:水面上的光亮反射到房中,而窗外的许多竹影投在墙上,随着太阳的移动,竹影就好像在争先恐后地登墙而上。

- 洞庭秋月生湖心,层波万顷如熔金。

  ◇ [唐]刘禹锡《洞庭秋月行》

  诗句描写洞庭湖月夜壮观优美的景色:月光照耀在湖面上,万顷洞庭湖一层层的波浪辉映着月光,金光闪闪,有如熔化了的黄金。

- 日沉红有影,风定绿无波。

　　　　　　　　　　　◇　[唐]白居易《湖亭望水》

　　诗句描写夕阳西下时的湖面景色：夕阳敛起耀眼的光辉，唯留下一轮赤红的影像；晚风停息后，湖面水平如镜，绿水泛不起半点涟漪。

- 一道残阳铺水中,半江瑟瑟半江红。

　　　　　　　　　　　◇　[唐]白居易《暮江吟》

　　诗句描写夕阳映照下的江面波光粼粼、水色瞬息变化的景象：半江江水背阴，色如青玉；半江江水向阳，一片绯红。

- 独上江楼思渺然,月光如水水如天。

　　　　　　　　　　　◇　[唐]赵嘏《江楼旧感》

　　诗句逼真地描写出优美的月夜景色：一个人在江楼上思绪茫然，从江楼上远远望去，只见月光泻在水上，水天连成一片。

- 水边灯火渐人行,天外一钩残月带三星。

　　◇　[宋]秦观《南歌子》

　　词句描写黎明前的景色:江边有了灯火,行人渐渐上路了,一弯残月还带着几颗星挂在天边。

- 天接云涛连晓雾,星河欲转千帆舞。

　　◇　[宋]李清照《渔家傲》

　　词句以丰富的想象、生动的比喻,描写出词人的梦境:漫天铺满犹如滚滚波涛的云雾,天将破晓,星河向西转动,好像有千百只航船扬帆急驶,别具雄浑、豪迈的气魄。

- 冰轮斜辗镜天长,江练隐寒光。

　　◇　[宋]陈亮《一丛花》

　　圆月斜转,仿佛把明净的圆天辗长了,像一匹白练铺在江面上,隐映着一片寒光。

- 开门半山月,立马一庭霜。

  ◇ [元]方夔《早行》

  诗句极言动身上路之早:早起开门,只见月挂半山;骑在马上看地上,只见一庭清霜。

- 池塘生春草,园柳变鸣禽。

  ◇ [南朝·宋]谢灵运《登池上楼》

  春天来了,池边长出草芽,园柳中变换了飞鸟鸣声。诗人对春到观照甚细,由小见大。

- 碧玉妆成一树高,万条垂下绿丝绦。不知细叶谁裁出,二月春风似剪刀。

  ◇ [唐]贺知章《咏柳》

  前两句诗用形象的比喻,写出春柳生气勃勃的景象。后两句构思新颖,别出心裁,把二月春风想象成剪刀,裁剪出如许细叶,裁剪出大好春光。

- 若道春风不解意,何因吹送落花来。

  ◇ [唐]王维《戏题盘石》

  人人都埋怨春风无情把花吹得满地飘落,带走了美好的春光。诗人却别具匠心,说春风有意送来落花,想留住春光,仿佛理解人们的恋春之意。

- 柴门闻犬吠,风雪夜归人。

  ◇ [唐]刘长卿《逢雪宿芙蓉山主人》

  诗人用十分清淡的笔触,勾画出一幅山村风雪夜景图:风雪交加的晚上,累了一天的旅客,顶风冒雪投宿来了。诗句清丽自然,给孤寂的环境增添了一点生气,却更衬托出情景的凄凉。

- 春眠不觉晓,处处闻啼鸟。夜来风雨声,花落知多少?

  ◇ [唐]孟浩然《春晓》

  诗句从听觉角度着笔,写春之声:鸟声婉转、悦耳动听;春风春雨、纷纷洒洒,把读者引向广阔的大自然,让读者自己去想象、体味那莺啼花香的烂漫春光。

- 忽如一夜春风来,千树万树梨花开。

  ◇ [唐]岑参《白雪歌送武判官归京》

  这是流传千古的写雪景的名句。诗人用浪漫主义的笔调,把寒风比作春风,把雪花比作梨花,想象新奇、独特,描绘出风停雪止后树树皆白、状如梨花的奇丽景象。

- 瀚海阑干百丈冰,愁云惨淡万里凝。

  ◇ [唐]岑参《白雪歌送武判官归京》

  诗句夸张地描写出边塞冬天冰天雪地的景象:沙漠百丈冰凌遍地纵横,万里长空冻结着阴暗的愁云。

- 九月天山风似刀,城南猎马缩寒毛。

  ◇ [唐]岑参《赵将军歌》

  诗人以"天山风似刀""猎马缩寒毛",描写边塞寒风的凛冽。

- 几处早莺争暖树，谁家新燕啄春泥。

   ◇ ［唐］白居易《钱塘湖春行》

   诗句描写早春景色，将一派欣欣向荣的早春风光展现在读者眼前：一些向阳的树上，已经有黄莺在鸣叫，刚飞来的燕子，正在衔泥筑窝。

- 人静乌鸢自乐，小桥外，新绿溅溅。

   ◇ ［宋］周邦彦《满庭芳》

   词句描写南方幽美的夏景：没有嘈杂的人声，连乌鸢也自得其乐，小桥外，溪水清澄，发出溅溅的水声。

- 日出江花红胜火，春来江水绿如蓝。能不忆江南？

   ◇ ［唐］白居易《忆江南》

   江水青青，好像靛青的颜色一样，在阳光下泛着绿波。这如画的江南春景，怎叫人不怀念呢。诗句红、绿对比，色调鲜明，成为赞美江南或抒发怀念江南之情的名句。

- 远上寒山石径斜,白云生处有人家。停车坐爱枫林晚,霜叶红于二月花。

　　◇　[唐]杜牧《山行》

　　诗句展现出一幅动人的山林秋色图:山路、人家、白云、红叶,构成一幅和谐统一的画面。"霜叶红于二月花"句,使秋天的山林呈现出一种热烈的、生机勃勃的景象,充分显示了诗人在运用语言方面的高超才能。

- 雨后却斜阳,杏花零落香。

　　◇　[唐]温庭筠《菩萨蛮》

　　却:正。词句描写春天雨后初晴、残花飘香的景色。

- 风乍起,吹皱一池春水。

　　◇　[南唐]冯延巳《谒金门》

　　乍起:忽然起来。微风拂过,泛起水波,一个"皱"字,生动形象地描绘出平静水面的突变。

- 波渺渺，柳依依，孤村芳草远，斜日杏花飞。

　　◇　［宋］寇准《江南春》

　　词句描绘江南的暮春景色：江水不停地流逝，江边柳条随风摇摆；一座孤零零的村庄，绿草如茵伸向远方，点点杏花在夕阳映照下随风飘落。

- 春风不解禁杨花，蒙蒙乱扑行人面。

　　◇　［宋］晏殊《踏莎行》

　　词人描写春天杨花到处飘飞的景象，却特意注入自己的主观感情：是春风不懂得约束杨花，才使得它漫天飞舞，乱扑行人之面。

- 绿杨烟外晓寒轻，红杏枝头春意闹。

　　◇　［宋］宋祁《玉楼春》

　　词人以一个"闹"字把杏花盛开的景色描写得极为生动，夸张地把春光热闹无限的感觉表现出来，使人如见其形、如闻其声。

宇宙自然
YUZHOU ZIRAN

- 浓绿万枝红一点,动人春色不须多。

  ◇ ［宋］王安石《咏石榴花》

  石榴花开在五月,这时其他的春花都已凋零,嫩绿的树叶也变得浓郁了。在浓郁的绿叶中,一朵艳丽的红花足以使春色显得鲜艳动人。

- 鸭头春水浓如染,水面桃花弄春脸。

  ◇ ［宋］苏轼《送别》

  诗句描写一幅桃红水绿的春景图:春水浓绿得好像染过一般,映照在水面中的桃花随风摆动,摇曳多姿。

- 半壕春水一城花,烟雨暗千家。

  ◇ ［宋］苏轼《望江南》

  词句描写登高时所见城市的暮春景色:护城河里春水半满,城中到处开着春花,而千家万户的房屋在轻烟细雨中却模模糊糊地看不清楚了。

- 竹外桃花三两枝，春江水暖鸭先知。

　　◇　[宋]苏轼《惠崇春江晚景》

　　诗句把春江晚景写得春意盎然：两三枝嫣红的桃花伸出翠绿的竹丛，那下边流着的江水已在变暖，最早知道这一点的该是那在江水中嬉戏的鸭子吧。

- 荷尽已无擎雨盖，菊残犹有傲霜枝。

　　◇　[宋]苏轼《赠刘景文》

　　诗句描写秋末冬初的景色，荷花早已凋尽，而那菊花的残枝尚有傲霜凌寒的气概。

- 梅英疏淡，冰澌溶泄，东风暗换年华。

　　◇　[宋]秦观《望海潮》

　　澌：尽。词句描写初春的景色：梅花稀疏浅淡，冰雪已经融化，一阵阵春风吹来，不知不觉中又换来了新的一年。

宇宙自然
YUZHOU ZIRAN

- 春路雨添花,花动一山春色。

  ◇ [宋]秦观《好事近》

  雨水为春天的路途增添了更多的鲜花;花儿在春风中摇动,为满山的春光增添了生气。

- 秋风想见西湖上,化出白莲千叶花。

  ◇ [宋]贺铸《鹧鸪天》

  阵阵秋风吹来,可以想见那西湖上,白色的千叶莲已经盛开了。词句用语新颖、活泼。

- 江南三月。犹有枝头千点雪。

  ◇ [宋]仲殊《减字木兰花》

  词句以"千点雪"来描写早春江南梨花繁密、压满枝头的景色。

- 风老莺雏，雨肥梅子，午阴嘉树清圆。

    ◇ ［宋］周邦彦《满庭芳》

    雏莺在风中成长，梅子在雨中长肥，午阴下绿树亭亭清润。词句化用杜甫"红绽雨肥梅"和杜牧"风蒲燕雏老"，把江南初夏的景物描写得绝妙入微。

- 小楼一夜听春雨，深巷明朝卖杏花。

    ◇ ［宋］陆游《临安春雨初霁》

    诗句刻画了我国南方小城的春景：在小楼上听了一夜的春雨，清早深巷里就有叫卖杏花的声音。

- 接天莲叶无穷碧，映日荷花别样红。

    ◇ ［宋］杨万里《晓出净慈寺送林子方》

    诗句以浓艳的色泽，描写夏日美景：放眼望去，碧绿的荷叶仿佛一直接到天边，在阳光的映照下，荷花更显得红艳别致。

宇宙自然
YUZHOU ZIRAN

- 枝间新绿一重重，小蕾深藏数点红。

　　◇ ［金］元好问《同儿辈赋未开海棠》

　　诗句通过对"万绿丛中几点红"的描写，将一幅早春新绿图展现在读者眼前。

- 日月之行，若出其中；星汉灿烂，若出其里。

　　◇ ［三国·魏］曹操《步出夏门行·观沧海》

　　诗句写出沧海之大，无所不包：日月星辰好像都是从沧海里升起来的。

- 八月湖水平，涵虚混太清。

　　◇ ［唐］孟浩然《望洞庭湖赠张丞相》

　　涵虚：涵容着天空的倒影。太清：天空。八月的湖水盛涨几乎与岸齐平，包容着天空的倒影，远处天水相连，混而难辨。

- 日落江湖白,潮来天地青。

  ◇ [唐]王维《送邢桂州》

  诗句描写日落之后的潮水:水面白茫茫的一片,天水相连,一片青色。

- 黄河西来决昆仑,咆哮万里触龙门。

  ◇ [唐]李白《公无渡河》

  诗句写出黄河汹涌澎湃的气势:决昆仑而下,咆哮万里向龙门奔来。

- 黄河万里触山动,盘涡毂转秦地雷。

  ◇ [唐]李白《西岳云台歌送丹丘子》

  诗句写黄河一泻万里,触动山岳,急流形成的旋涡好像车轮旋转,发出的巨大声响犹如秦地雷鸣,读来有如闻其声、如见其势之感。

宇宙自然
YUZHOU ZIRAN

- 飞流直下三千尺,疑是银河落九天。

  ◇ [唐]李白《望庐山瀑布二首》之二

  诗句把瀑布从高空直落的奇观形象地描绘出来,使人自然地联想到一条银河从天而降。语言夸张而又自然,新奇而又真切。

- 吴楚东南坼,乾坤日夜浮。

  ◇ [唐]杜甫《登岳阳楼》

  广阔无边的洞庭湖水,划分开吴国和楚国的疆界,日月星辰就像整个漂浮在湖水中一般。诗句用十个字,就把洞庭湖水势浩瀚无边的形象逼真地描绘出来。

- 黄河远上白云间,一片孤城万仞山。

  ◇ [唐]王之涣《凉州词二首》之一

  诗句抓住自下而上、由近及远眺望黄河的特殊感受,描写汹涌澎湃、波浪滔滔的黄河像一条丝带迤逦飞上云端,在高山远水的反衬下,玉门关更显出地势的险要、处境的孤危。

- 星河尽涵泳,俯仰迷上下。

    ◇ [唐]韩愈《岳阳楼别窦司直》

    诗句以雄浑的语气描写洞庭湖的浩瀚:碧天银河尽涵泳于清澈的洞庭湖中,仰观俯视,竟分辨不出谁是天汉、谁是洞庭了。

- 遥望洞庭山水翠,白银盘里一青螺。

    ◇ [唐]刘禹锡《望洞庭》

    秋月之下的洞庭山水,变成了一件美轮美奂的艺术珍品:一只雕镂剔透的银盘里,放着一颗小巧玲珑的青螺,给人以极大的艺术享受。

- 九曲黄河万里沙,浪淘风簸自天涯。

    ◇ [唐]刘禹锡《浪淘沙九首》之一

    "九曲""万里"极言黄河的曲折流长、挟沙带泥,"浪淘""风簸"极写黄河的万里奔腾、呼号咆哮。

- 驾浪沉西月,吞空接曙河。

  ◇ [唐]元稹《洞庭湖》

  诗句写出洞庭湖吞吐日月、含蕴群星的气势与境界:湖水掀起了滔天的巨浪,吞没了将要西沉的月亮;湖面风平浪静,澄明见底,好像要把整个天空拥抱在怀中。

- 一千里色中秋月,十万军声半夜潮。

  ◇ [唐]赵嘏《忆钱塘》

  一千里色:形容月光皎洁,一泻千里。十万军声:形容钱塘潮汹涌、喧腾。诗句极言钱塘潮汹涌、喧腾的气势:百里牵一线的潮水,忽而一涌数丈,银涛滚滚,犹如霜戈雪甲的千军万马蜂拥、呐喊而至,意象十分壮美。

- 万顷湖天碧,一星飞鹭白。

  ◇ [唐]皮日休《秋江晓望》

  诗句宛如一幅色彩鲜明、调和的秋江水彩画:一只白鹭飞翔在碧水涟涟的湖面上,宛如一颗星点缀在蓝蓝的天空中。

- 重湖叠巘清嘉。有三秋桂子,十里荷花。

  ◇ [宋]柳永《望海潮》

  重湖:指白堤将西湖分割成里湖和外湖。叠巘:指灵隐山、南屏山等重叠的山峰。词句高度凝练,把西湖以至整个杭州城最美的特征都概括了出来。

- 乱石穿空,惊涛拍岸,卷起千堆雪。

  ◇ [宋]苏轼《念奴娇》

  词句描写雄奇壮观的赤壁景色,"乱石穿空",写赤壁的险峻,"卷起千堆雪",形容波浪的汹涌,气势磅礴,读来使人如闻其声、如见其景。

- 海上涛头一线来,楼前指顾雪成堆。

  ◇ [宋]苏轼《望海楼晚景》

  指顾:指点、顾盼之间,形容速度极快。诗句描写海潮的来势迅猛:涛头初来时像一条线,眨眼间就变成了一堆雪。

宇宙自然
YUZHOU ZIRAN

- 水光潋滟晴方好，山色空蒙雨亦奇。欲把西湖比西子，淡妆浓抹总相宜。

  ◇ ［宋］苏轼《饮湖上初晴后雨二首》之二

  诗句是咏西湖美景之绝唱：无论是晴日或是雨天，西湖的景色都美不胜收，就像那美女西施一样，不管是淡妆还是浓抹，总是与她的美貌相协调的。

- 欲识潮头高几许？越山浑在浪花中。

  ◇ ［宋］苏轼《八月十五日看潮》

  诗句描写八月十五日钱塘江之潮：要知道潮头有多高吗，那越山简直就埋在浪花里了。

- 声驱千骑疾，气卷万山来。

  ◇ ［清］施闰章《钱塘观潮》

  诗句以"千骑疾""万山来"，极言钱塘潮之磅礴气势，令人如闻其声、如见其势。

- 西湖一勺水,阅尽古来人。

  ◇ [清]洪昇《己卯春日湖上》

  诗句极言西湖面积之小、西湖生命之长:西湖在天地之间,确实渺如一勺之水。然而,自古以来,它却像一面镜子,阅尽人间的兴亡衰败与悲欢离合。

- 风收云散波乍平,倒转青天作湖底。

  ◇ [清]查慎行《中秋夜洞庭湖对月歌》

  诗句以"倒转青天"一词,写出洞庭湖与秋月湖天一色、辽阔深远、蔚为壮观的特征。

- 乾坤浮一气,今古浸双丸。

  ◇ [清]张照《观海》

  诗句的大意是:大海好像把天地中的一切融为一气,太阳、月亮倒映在海水中,从古至今仿佛是双丸沉浸在水中。

- 地到尽时天不断，人能来处鸟难过。

　　◇　［清］沈受宏《渡海》

　　诗句以"天不断""鸟难过"，极言大海的宽广无比。

02 / 品行修养
PINXING XIUYANG

- 高山仰止,景行行止。

  ◇ 《诗经·小雅·车舝》

  诗人赞美心上人像高山大路一样令人仰望与向往。诗句气象高远,意蕴丰厚,带有一定程度的象征意义,已成为后人表达某种仰慕之情的千古名句。

- 令仪令色,小心翼翼。

  ◇ 《诗经·大雅·烝民》

  诗句称赞周宣王的贤臣樊侯仲山甫道德修养高,办事恭顺小心。后人以"小心翼翼"形容举动十分谨慎,丝毫不敢疏忽。

- 身既死兮神以灵,子魂魄兮为鬼雄。

  ◇ 《楚辞·九歌·国殇》

  诗句的大意是:烈士身躯虽死,而精神不死,他们的灵魂在群鬼当中也是出众的英雄。

- 宁与黄鹄比翼乎？将与鸡鹜争食乎？

  ◇ 《楚辞·卜居》

  诗人用将与天鹅齐飞还是跟鸡鸭抢食的比喻表白自己要与圣贤豪杰比肩为伍、不跟卑鄙小人争权夺利的高尚气节。

- 举世皆浊我独清，众人皆醉我独醒。

  ◇ 《楚辞·渔父》

  诗句的大意是：整个世道都混浊，唯独我屈原一个人干净；所有的人都喝醉了，唯独我屈原一个人清醒。写出诗人不愿与世俗同流合污的廉洁正直的品行。

- 新沐者必弹冠，新浴者必振衣。

  ◇ 《楚辞·渔父》

  诗句以"刚刚沐浴过的人，一定会把自己要穿戴的衣帽也收拾干净"，比喻诗人洁身自好、不肯屈从于污秽环境的态度。

- 圆凿而方枘兮，吾固知其铻而难入。

  ◇ 《楚辞·九辩》

  凿：榫眼。枘：榫头。铻：不相合的样子。诗句将圆的榫眼和方的榫头无法装配在一起，比喻刚正不阿的君子和圆滑巧佞的小人无法共处。

- 与其无义而有名兮，宁穷处而守高。

  ◇ 《楚辞·九辩》

  诗句的大意是：与其不做好事而获取名声，还不如遭受贫穷而保持高洁的品行。

- 饥不从猛虎食，暮不从野雀栖。

  ◇ ［汉］相和歌辞《猛虎行》

  诗句以饥饿时不跟猛虎一起吃东西、天晚时不随野雀一块儿栖息，比喻正派的人不跟横暴的人谋求餍饱、不向卑污的人求得苟安。

- 生为百夫雄,死为壮士规。

    ◇ [三国·魏] 王粲《咏史诗》

    规:楷模。诗句的大意是:活着要做男子中的雄杰,死后要成为壮士的楷模。

- 宁与燕雀翔,不随黄鹄飞。

    ◇ [三国·魏] 阮籍《咏怀八十二首》之八

    诗句的大意是:宁与社会地位卑下的人为伍,也不愿依附权贵。

- 渴不饮盗泉水,热不息恶木阴。

    ◇ [晋] 陆机《猛虎行》

    诗句表明志士处世往往用心慎重,爱惜身名。

- 少无适俗韵,性本爱丘山。

    ◇ [晋] 陶潜《归园田居五首》之一

    诗句以"性本爱丘山"写出诗人热爱自然的超凡风致和不与世俗同流合污的气节。

- 直如朱丝绳，清如玉壶冰。

  ◇ ［南朝·宋］鲍照《代白头吟》

  诗句描写人品的高尚：正直得如同琴上的朱弦，毫无屈曲；纯洁得就像玉壶冰一样，没有半点污秽。

- 草木有本心，何求美人折。

  ◇ ［唐］张九龄《感遇十二首》之一

  诗人用草木散发出芬芳并不是希望美人采摘，来表明自己高尚的品德与美好的情操是发自内心的，而不是为了哗众取宠和博取高名。

- 洛阳亲友如相问，一片冰心在玉壶。

  ◇ ［唐］王昌龄《芙蓉楼送辛渐二首》之一

  诗人从清澈无瑕、澄空见底的玉壶中捧出一颗晶亮纯洁的冰心以告慰亲友，这比任何相思的言辞都更能表达他对洛阳亲友的深情。

- 何以保贞坚，赠君青松色。

  ◇ ［唐］孟郊《赠韩郎中愈二首》之一

  诗句的大意是：怎样才能永葆自己坚贞的节操呢？那就要向经得住严霜考验的青松学习。

- 高山安可仰，徒此揖清芬。

  ◇ ［唐］李白《赠孟浩然》

  高山：喻指孟浩然人品高洁，可望而不可即。清芬：喻指高尚的道德品质。诗句高度赞美孟浩然不慕荣利、自甘淡泊的品质。

- 安能摧眉折腰事权贵，使我不得开心颜！

  ◇ ［唐］李白《梦游天姥吟留别》

  诗句鲜明地表达了李白傲视权贵、不肯苟且屈从的精神品格：我怎能俯首躬腰地去伺候那些权贵，使我不能保持自由愉快的心情呢？

- 心同野鹤志尘远，诗似冰壶见底清。

  ◇ ［唐］韦应物《赠王侍御》

  诗句称赞王侍御人品高洁，志向高远，不与世俗同流合污。运用比拟手法，感情真挚，语言清新。

- 良马不念秣，烈士不苟营。

  ◇ ［唐］张籍《西州》

  好马志在千里，不会顾及饲料的事；有志气的人，以天下大事为忧，不会苟营个人私利。

- 大海波涛浅，小人方寸深。

  ◇ ［唐］杜荀鹤《感寓》

  小人：指人格卑鄙的人。方寸：指人的内心。诗句的大意是：大海还有枯干见底的时候，而卑鄙小人的城府却深不可测。

- 谁见幽人独往来，缥缈孤鸿影。

  ◇ ［宋］苏轼《卜算子》

  写出词人孤高自赏、不愿与世俗同流合污的情怀。

- 《出师》一表真名世，千载谁堪伯仲间！

  ◇ ［宋］陆游《书愤五首》之一

  一千多年来谁可以与那个写《出师表》、坚持北伐的诸葛亮相比呢！诗句看似提出疑问，实是诗人以诸葛亮自比。

- 零落成泥碾作尘，只有香如故。

  ◇ ［宋］陆游《卜算子》

  词人以梅花自喻，通过对黄昏雨中零落的梅花的描写，赞美梅花孤高、坚贞的品格：即使花凋落了，被碾压成泥土，也依旧一片芳香。这是词人坚持抗金到底的坚贞节操的自我写照。

- 众里寻他千百度,蓦然回首,那人却在,灯火阑珊处。

  ◇ ［宋］辛弃疾《青玉案》

  在熙熙攘攘的人群里,我千百次地寻找他,竟不见他的踪影。忽然回头,却发现他正待在灯火稀落的地方。词人借刻画一位远避繁华、孤标不群的女子,以寄托自己不甘随波逐流、依附权贵的幽独情怀。

- 千锤万凿出深山,烈火焚烧若等闲。粉骨碎身浑不怕,要留清白在人间。

  ◇ ［明］于谦《石灰吟》

  诗句借物咏志,以"石灰为留得清白在人间,不怕千锤万凿、不怕烈火焚烧、不怕粉骨碎身"的特点,表现诗人坚韧的性格和高尚的思想情操。

- 清风两袖朝天去,免得闾阎话短长。

  ◇ ［明］于谦《入京诗》

  闾阎:本指里巷的门,这里指平民。诗句的大意是:我除了带上两袖清风,什么也没有带去朝见皇帝,免得老百姓说我的闲话。

品行修养
PINXING XIUYANG

● 不要人夸好颜色,只留清气满乾坤。

◇ ［明］王冕《墨梅》

诗句托物言志,表现诗人清高的气节:不必让别人夸赞我开得如何艳丽,只要能把清香留在天地间就可以了。

03 / 积极进取
JIJI JINQU

- 兢兢业业，如霆如雷。

    ◇ 《诗经·大雅·云汉》

    诗句的大意是：整天提心吊胆，如防霹雳和雷霆。后人以"兢兢业业"来形容做事小心谨慎、勤恳踏实。

- 路漫漫其修远兮，吾将上下而求索。

    ◇ 《楚辞·离骚》

    诗句的大意是：路途十分遥远啊，我要上天下地去寻找我理想中的人。写出了诗人追求真理的执着。

- 衣食当须纪，力耕不吾欺。

    ◇ [晋]陶潜《移居二首》之二

    纪：经营。诗句揭示了只有努力耕作才能解决衣食的事理。

积极进取
JIJI JINQU

- 即今江海一归客,他日云霄万里人。

  ◇ [唐]高适《送桂阳孝廉》

  诗人送别的友人,来京赴考却屡考不中,准备回乡,诗人特作此诗,以"云霄万里"的前途,鼓励友人向前看,只要不懈努力,必将前程无量。

- 长安何处在,只在马蹄下。

  ◇ [唐]岑参《忆长安曲二章寄庞》

  诗句的大意是:只要马不停蹄地奔走,即可到达长安。告诫人们要积极进取,丝毫不能懈怠。

- 花间一壶酒,独酌无相亲。举杯邀明月,对影成三人。

  ◇ [唐]李白《月下独酌四首》之一

  诗句反映出诗人世无知音的寂寞,但又表达了其善于排遣孤寂、发现生活乐趣的豁达情怀。

- 莫愁前路无知己,天下谁人不识君?

  ◇ [唐]高适《别董大二首》之一

  诗句以反问的修辞手法抒发了诗人豪放慷慨的胸怀,也极大地安慰了踏上征程的友人。表现了诗人对前程充满信心和力量。

- 欲穷千里目,更上一层楼。

  ◇ [唐]王之涣《登鹳雀楼》

  诗句的大意是:要看尽千里风光,必须再登上一层楼。蕴含着只有站得高才能看得远的道理,表达了诗人开阔的胸襟和不断向上、不断发现新境界的进取精神。

- 请君莫奏前朝曲,听唱新翻《杨柳枝》。

  ◇ [唐]刘禹锡《杨柳枝词九首》之一

  诗句精辟动人地概括出诗人不泥古、不守旧的创新精神,对后人具有启迪意义。

积极进取
JIJI JINQU

- 晴空一鹤排云上,便引诗情到碧霄。

    ◇ [唐]刘禹锡《秋词二首》之一

    诗句的大意是:在晴朗的天空中,一只白鹤排云而上,激起了我的诗情飞到蔚蓝的天空里。抒发了诗人奋发向上的高尚情操。

- 千淘万漉虽辛苦,吹尽狂沙始到金。

    ◇ [唐]刘禹锡《浪淘沙九首》之八

    诗句告诫人们:金子是经过千辛万苦才得到的,要想得到宝贵的东西,学得真正的学问,必须经过一番艰辛的磨炼。

- 一日不作诗,心源如废井。

    ◇ [唐]贾岛《戏赠友人》

    诗句表现了诗人创作的勤奋:一天不作诗,就觉得灵感的源泉如同废井一般枯竭。

- 诗书勤乃有，不勤腹空虚。

 ◇ ［唐］韩愈《符读书城南》

 诗句劝诫人们只有勤奋努力，才能写出好诗文。

- 好事尽从难处得，少年无向易中轻。

 ◇ ［唐］李咸用《送谭孝廉赴举》

 诗句劝诫世人要想成功，须不怕磨难，不要少年自负，不能妄想轻取功名。

- 少年辛苦终身事，莫向光阴惰寸功。

 ◇ ［唐］杜荀鹤《题弟侄书堂》

 诗句告诫人们：少年时努力地学习，将会为一生的事业打下基础，不应有一丝一毫的懒惰，不要浪费时光。

- 古人学问无遗力，少壮工夫老始成。

 ◇ ［宋］陆游《冬夜读书示子聿》

 诗句的大意是：古人学习知识是竭尽全力的，少壮时的努力到老年才能看得出成果。

积极进取
JIJI JINQU

- 不畏浮云遮望眼，自缘身在最高层。

  ◇ ［宋］王安石《登飞来峰》

  这是具有深刻含义的诗句。诗中以"浮云"比喻当时的保守势力，"不畏浮云遮望眼"，表明诗人不怕保守势力阻挡，坚持改革的决心。

- 学非探其花，要自拔其根。

  ◇ ［唐］杜牧《留诲曹师等诗》

  诗句的大意是：学习不能停留在表面上，要寻根究底。

- 少年心事当拏云。

  ◇ ［唐］李贺《致酒行》

  心事：志向，理想。拏：同"拿"。诗句的大意是：年轻人的志向应当是振作而高远的。

- 读书万卷始通神。

  ◇ ［宋］苏轼《柳氏二甥求笔迹》

  诗句以"如果能读破万卷书，写起文章、诗词来就会像得到神助一样"告诫人们只有发愤进取，才能有真才实学。

- 问渠哪得清如许？为有源头活水来。

　　◇　[宋]朱熹《观书有感二首》之一

　　诗句以"池塘因有活水，所以能清澈见底"，比喻学习中只有不断吸收新知识，才能一直取得进步。

- 读书之乐何处寻，数点梅花天地心。

　　◇　[宋]翁森《四时读书乐四首》之四

　　诗句以"读书的乐趣到什么地方去寻找呢？就在那冰天雪地里绽开的几朵梅花上"劝诫人们只有像梅花那样傲雪凌霜，不畏艰难，才能找到读书的乐趣。

- 莫等闲，白了少年头，空悲切。

　　◇　[宋]岳飞《满江红》

　　此句为千古箴言：不要轻易地虚度年华，让头上平添白发，到老来再懊悔痛哭也枉然了！

积极进取
JIJI JINQU

- 江山代有才人出,各领风骚数百年。

  ◇ [清]赵翼《论诗五首》之二

  诗句以一代有一代的文学、一代有一代的诗人,呼吁诗人们要摆脱崇古的观念和拟古的创作路子,理直气壮地去争新、创新,做独领风骚的时代才人。

- 咬定青山不放松,立根原在破岩中。千磨万击还坚劲,任尔东西南东风。

  ◇ [清]郑燮《竹石》

  诗句描写的是竹子,赞颂的却是人,以竹子"咬定青山","立根"于"破岩",经得起"千磨万击",象征诗人不怕艰难困苦和排挤打击的强者形象。

04 / 豪情壮志
HAOQING ZHUANGZHI

- 老骥伏枥,志在千里;烈士暮年,壮心不已。

    ◇ [东汉]曹操《步出夏门行·龟虽寿》

    诗人以一匹上了年纪的千里马自比,虽然形老体衰,屈居枥下,但胸中仍然激荡着驰骋千里的豪情。

- 丈夫志四海,万里犹比邻。

    ◇ [三国·魏]曹植《赠白马王彪》

    诗句与王勃《送杜少府之任蜀州》中"海内存知己,天涯若比邻"有异曲同工之妙,意为好男儿应志在四方。

- 振衣千仞冈,濯足万里流。

    ◇ [晋]左思《咏史八首》之五

    振衣:抖衣去尘,比喻去秽重振。濯足:《楚辞·渔父》:"沧浪之水浊兮,可以濯吾足。"喻清除世尘,保持高洁。写高士超凡脱俗的博大胸怀。

豪情壮志
HAOQING ZHUANGZHI

- 男儿不惜死,破胆与君尝。

  ◇ [南朝·梁]吴均《胡无人行》

  诗句直言诗人不惜身死,不仅敢于披肝沥胆,为国效忠,而且要破开肝胆,让人尝味。显示了一个英姿勃勃、豪气逼人的血性男儿的凌厉气概。

- 新丰美酒斗十千,咸阳游侠多少年。

  ◇ [唐]王维《少年行四首》之一

  诗句写长安游侠少年的昂扬气质。诗人用对举方式来写,给人以这样的感觉:京华地区,著称于世的人物虽多,却就像新丰美酒堪称酒中之冠一样,只有少年游侠堪称人中之杰。

- 长风破浪会有时,直挂云帆济沧海。

  ◇ [唐]李白《行路难三首》之一

  诗句的大意是:乘长风破万里浪的时机一定会到来,到那时将挂起风帆、横渡大海,到达理想的彼岸。表现了诗人的倔强、自信和对理想的执着追求。

- 白发三千丈,缘愁似个长?

    ◇ [唐]李白《秋浦歌十七首》之十五

    诗人写此诗时,已经五十多岁了,壮志未酬,人已衰老,怎不倍加痛苦!所以揽镜自照,触目惊心,发出"白发三千丈"的孤吟,使天下后世识其悲愤。

- 黄河落天走东海,万里写入胸怀间。

    ◇ [唐]李白《赠裴十四》

    写:同"泻"。诗句表现诗人宽阔的胸怀:让仿佛从天而降的万里黄河泻入胸怀。

- 仰天大笑出门去,我辈岂是蓬蒿人。

    ◇ [唐]李白《南陵别儿童入京》

    蓬蒿人:指草野之人。天宝元年,诗人奉诏入长安,在南陵与妻儿告别时,写下此诗。诗句表现诗人得诏后的狂喜心情及施展抱负的志向。

豪情壮志
HAOQING ZHUANGZHI

- 俱怀逸兴壮思飞,欲上青天揽明月。

  ◇ [唐]李白《宣州谢朓楼饯别校书叔云》

  诗句的大意是:我们都怀有豪情逸兴、雄心壮志,酒酣兴发,更是飘然欲飞,想登上青天摘取明月。表达了诗人对高洁理想境界的向往与追求。

- 会当凌绝顶,一览众山小。

  ◇ [唐]杜甫《望岳》

  会当:终要。凌绝顶:登上泰山的顶峰。诗句写出了诗人的不凡气度与雄心壮志。

- 出师未捷身先死,长使英雄泪满襟。

  ◇ [唐]杜甫《蜀相》

  诗句写诸葛亮壮志未酬、大才未尽而死去的憾事一直引得英雄豪杰们流泪不止。诗人把庄严凄怆的英雄失败的历史悲剧概括在两句诗中,用生存的英雄痛哭死去的英雄,深沉痛切,感人肺腑。

- 莫道桑榆晚，为霞尚满天。

    ◇ ［唐］刘禹锡《酬乐天咏老见示》

    不要说夕阳西下天色已晚，夕阳放射出来的霞光，犹能映红天空。诗句比喻人年老了还能干一番事业，充满着乐观主义精神。

- 男儿何不带吴钩，收取关山五十州？

    ◇ ［唐］李贺《南国十三首》之五

    告诫好男儿应该精忠报国，为收复失地而建立功勋。

- 我有迷魂招不得，雄鸡一声天下白。

    ◇ ［唐］李贺《致酒行》

    迷魂：迷失的魂魄。招不得：招不回来。诗句表达诗人决不屈膝求荣、屈志随人的决心。

豪情壮志
HAOQING ZHUANGZHI

- 羌管悠悠霜满地，人不寐，将军白发征夫泪。

  ◇ [宋]范仲淹《渔家傲》

  词句苍凉悲壮，表达诗人坚持抗敌的英雄气概和思念家乡的情怀。

- 羽扇纶巾，谈笑间，樯橹灰飞烟灭。

  ◇ [宋]苏轼《念奴娇》

  词人借"羽扇纶巾"着力刻画周瑜临战前的潇洒从容，"谈笑间，樯橹灰飞烟灭"，抓住火攻水战的特点，精确地概括出整个战争的胜利场景，将曹军的惨败景象形容殆尽。字里行间透露出词人有志报国、壮志难酬的感慨。

- 人生如梦，一尊还酹江月。

  ◇ [宋]苏轼《念奴娇》

  人的一生就像一场梦幻，又何必斤斤计较于成败得失，还是放眼大江，举酒赏月吧。表现词人超旷、明达和善于自解自慰的情怀。

- 老夫聊发少年狂,左牵黄,右擎苍,锦帽貂裘,千骑卷平冈。

 ◇ [宋]苏轼《江城子》

 词句主要写词人在"出猎"这一特殊场合下表现出来的举止神态之"狂",抒发词人由打猎激发起来的豪情壮志。

- 上马击狂胡,下马草军书。

 ◇ [宋]陆游《观大散关图有感》

 骑上战马可以击退金兵,下了马便可以撰写军书。表现诗人的才能和志向:能文能武,希望有精忠报国的机会。

- 青山是处可埋骨,白发向人羞折腰。

 ◇ [宋]陆游《醉中出西门偶书》

 诗句表现诗人不向世俗低头的傲气:青山处处可以埋忠骨,即便年老力衰,也耻于向人低头弯腰。

豪情壮志
HAOQING ZHUANGZHI

- 夜阑卧听风吹雨，铁马冰河入梦来。

  ◇ ［宋］陆游《十一月四日风雨大作二首》之二

  诗句表现诗人向往戍边杀敌的爱国热情和坚强意志：在夜阑人静时，卧听风雨大作，仿佛自己已经在边疆戍守、骑着战马跃过冰河。

- 壮心未与年俱老，死去犹能作鬼雄。

  ◇ ［宋］陆游《书愤五首》之二

  雄心壮志不因年老而衰退，即便死去还要当个鬼中英豪。语言激昂悲壮，表现出诗人至死不渝的爱国思想。

- 双鬓多年作雪，寸心至死如丹。

  ◇ ［宋］陆游《感事六言》

  诗句表现诗人至死不渝的爱国热情与高尚气节：两鬓多年前就已变得像雪一样白，然而一颗爱国之心到死也是忠贞炽热的。

- 人生自古谁无死？留取丹心照汗青。

  ◇ ［宋］文天祥《过零丁洋》

  诗句以磅礴的气势、高亢的情调，表现诗人崇高的气节和舍生取义的生死观：自古以来人总免不了一死，但应在史册上留下英勇忠贞的事迹，光照人寰。

- 独驾一舟千里去，心与长天共渺。

  ◇ ［宋］秦观《念奴娇》

  词句表达词人无限宽广的胸怀：心境跟天一样高远空阔。

- 生当作人杰，死亦为鬼雄。

  ◇ ［宋］李清照《夏日绝句》

  诗句表现诗人反对苟且偷安的刚强性格和壮阔胸襟：活要活得超群拔俗，做人中豪杰；死要死得慷慨壮烈，成鬼里英雄。

豪情壮志
HAOQING ZHUANGZHI

- 三十功名尘与土，八千里路云和月。

  ◇ ［宋］岳飞《满江红》

  词句微微唱叹，如见词人抚膺自理半生悲绪：三十年来的功名如同尘土微不足道，转战八千里历经风云。表现了词人宽广的胸襟与远见卓识。

- 凭谁问，廉颇老矣，尚能饭否？

  ◇ ［宋］辛弃疾《永遇乐》

  我虽然老了，还与廉颇一样具有为国杀敌立功的雄心壮志，可是有谁来关心、重用我呢？词人以廉颇自喻，表达希望被朝廷任用，继续为国杀敌立功的悲壮、苍凉的心情。

- 我愿平东海，身沉心不改。大海无平期，我心无绝时。

  ◇ ［清］顾炎武《精卫》

  诗句抒发诗人的豪情壮志和远大抱负：我要像精卫填海那样，坚持抗清，即使葬身大海也永不变心；东海填不平，我抗清的决心绝不改变。

05 / 挚友真情
ZHIYOU ZHENQING

- 岂曰无衣？与子同袍。

　　　　　　　　　　◇　《诗经·秦风·无衣》

　　诗句描写士兵之间的慷慨友情：怎么能说没有衣服呢？我的斗篷就可以与你共用啊！

- 脊令在原，兄弟急难。

　　　　　　　　　　◇　《诗经·小雅·常棣》

　　脊令：一种水鸟。原：原野。急难：指摆脱困境。诗句以水鸟在原野比喻人处在困境，劝勉兄弟之间应团结、友爱，互相帮助。

- 四海皆兄弟，谁为行路人。

　　　　　　　　　　◇　［汉］无名氏《别诗四首》之一

　　这是鼓励和安慰远行人的话：处处都可以为家，人人均可以和睦相处。

挚友真情
ZHIYOU ZHENQING

- 君子交有义,不必常相从。

  ◇ [三国·魏]郭遐叔《赠嵇康诗二首》之二

  这是好友分离时宽慰对方的话:君子相交讲究情谊,而不在乎朝夕相处。

- 奇文共欣赏,疑义相与析。

  ◇ [晋]陶潜《移居二首》之一

  诗句写好友间的交往之乐:有了新奇的文章就共同欣赏,遇到疑难的问题则一起剖析。

- 落地为兄弟,何必骨肉亲。

  ◇ [晋]陶潜《杂诗十二首》之一

  诗句是诗人在战乱中对和平与友情的一种渴求:来到这个世界上的人都应该成为兄弟,又何必在乎骨肉之情、血缘之亲呢?

- 行路皆兄弟，千里念相亲。

  ◇ ［北周］王褒《送别裴仪同》

  诗句的大意是：羁旅他乡的人同病相怜，自当相濡以沫、情如兄弟，让我们在千里之遥相互思念，保持那人世间最珍贵的友情吧。

- 海内存知己，天涯若比邻。

  ◇ ［唐］王勃《送杜少府之任蜀州》

  诗句道出大丈夫真挚的友谊与旷达的胸怀。

- 田夫荷锄至，相见语依依。

  ◇ ［唐］王维《渭川田家》

  诗句写日暮时分农夫归家途中与诗人相遇时的情景。

- 桃花潭水深千尺，不及汪伦送我情。

  ◇ ［唐］李白《赠汪伦》

  诗句以"桃花潭水之深"来衬"汪伦相送感情之盛"，给人以十分深刻的感受。"桃花潭水"成为后人抒写别情之典。

挚友真情
ZHIYOU ZHENQING

- 浮云一别后,流水十年间。欢笑情如旧,萧疏鬓已斑。

  ◇ [唐]韦应物《淮上喜会梁州故人》

  诗句写久别重逢的喜悦,却以"浮云""流水"两词,把别后人世沧桑表现出来,不言悲而悲情溢于言表,表达了诗人与友人重叙旧好时悲喜交集的感情。

- 一生大笑能几回,斗酒相逢须醉倒。

  ◇ [唐]岑参《凉州馆中与诸判官夜集》

  一个"笑"字,写出诗人和朋友相聚时的欢快场面:宴会中不时地爆发出大笑声,这样的场面,一生中也难得有几回,能不为之醉倒?

- 翻手作云覆手雨,纷纷轻薄何须数。

  ◇ [唐]杜甫《贫交行》

  诗人在饱尝世态炎凉、人情反复的滋味后,对交友之道发出极其无奈的慨叹:得意时便如云之趋合,失意时便如雨之纷散。

- 人生交契无老少,论交何必先同调。

　　　　　　　　　　　◇ ［唐］杜甫《徒步归行》

　　诗句阐明好朋友贵在志同道合,不在于年龄的老少及地位的高低的道理。

- 何时一樽酒,重与细论文。

　　　　　　　　　　　◇ ［唐］杜甫《春日忆李白》

　　诗句中的"细"字,写出杜甫与李白樽酒论文的欢畅。

- 花径不曾缘客扫,蓬门今始为君开。

　　　　　　　　　　　◇ ［唐］杜甫《客至》

　　诗人喜出望外忙着开门接待客人。诗句充满感情,对仗又极工整。

- 相知无远近,万里尚为邻。

　　　　　　　　　　　◇ ［唐］张九龄《送韦城李少府》

　　诗句的大意是:交情深厚的朋友,即使相隔万里仍然心心相通。显示出友谊的真挚和大丈夫志在四方的豁达胸怀。

挚友真情
ZHIYOU ZHENQING

- 正是江南好风景,落花时节又逢君。

    ◇ ［唐］杜甫《江南逢李龟年》

    诗句中"江南好风景",成了乱离时世和沉沦身世的有力反衬。一位老歌唱家与一位老诗人在漂流颠沛中重逢,落花流水的风光,点缀着两位形容憔悴的老人,成了一幅反映时代沧桑的典型画卷。

- 绿蚁新醅酒,红泥小火炉。晚来天欲雪,能饮一杯无?

    ◇ ［唐］白居易《问刘十九》

    诗句描写诗人渴望与朋友相对而饮的深情:酒是新酿的,炉火正烧得通红,除了围炉对酒,还有什么更适合于消度这欲雪的黄昏呢?

- 明月好同三径夜,绿杨宜作两家春。

    ◇ ［唐］白居易《欲与元八卜邻,先有是赠》

    诗句说诗人愿与元八结为邻居,让明月清辉、绿杨春色同到两家。

- 同是天涯沦落人,相逢何必曾相识!

    ◇ [唐]白居易《琵琶行》

    诗句是诗人感触最深的表白:琵琶女同自己都来自京都,都有由繁华得意生活而转入凄凉境况的经历,"同是天涯沦落人",偶然相遇,即成知音,何必一定要过去相识呢?

- 少年乐新知,衰暮思故友。

    ◇ [唐]韩愈《除官赴阙至江州寄鄂岳李大夫》

    诗句的大意是:人在年轻的时候乐意结交新朋友,年老时总会思念起老朋友。

- 诗成有共赋,酒熟无孤斟。

    ◇ [唐]韩愈《县斋读书》

    共赋:一起吟诵。孤斟:独自饮酒。诗句极言朋友间的交情之深。

- 青山一道同云雨,明月何曾是两乡。

  ◇ [唐]王昌龄《送柴侍御》

  诗句描写诗人与柴侍御的深情厚谊:虽分离两地,但两地云雨相同,明月也不分"两乡",可以共睹。

- 不见故人弥有情,一见故人心眼明。

  ◇ [宋]徐积《赠黄鲁直》

  诗句真实地表达了朋友间心心相印、情投意合的感情:没有见面时,则思之良苦,一往情深;见了面后便心眼顿开、欣喜若狂。

06 / 离情别恨

LIQING BIEHEN

- 举手长劳劳,二情同依依。

    ◇ [汉]乐府古辞《孔雀东南飞》

    劳劳:忧伤的样子。依依:眷恋的样子。诗句写出恋人分别时忧伤不已、依恋不舍的感情。

- 存为久离别,没为长不归。

    ◇ [南朝·宋]颜延之《秋胡》

    没:同"殁",死亡。诗句写别离之长久:如果活着,将要过很长一段时间才能见面,如果死了,那就永远不能回来了。

- 夜雨滴空阶,晓灯暗离室。

    ◇ [南朝·梁]何逊《临行与故游夜别》

    诗句以茫茫夜色、点点细雨、淡淡灯光,给故友夜别的场面笼罩上一片浓重的伤感色彩。

离情别恨
LIQING BIEHEN

- 劝君更尽一杯酒,西出阳关无故人。

  ◇ [唐]王维《送元二使安西》

  诗句剪取饯行宴席即将结束时主人的劝酒辞:再干了这一杯吧,出了阳关,就再也见不到老朋友了。表达了强烈、真挚的惜别之情。

- 惟有相思似春色,江南江北送君归。

  ◇ [唐]王维《送沈子福之江东》

  诗人将自然界的春色比作心灵中的感情,表明自己对朋友的相思之情无处不在,奇特的想象中,蕴藉着深厚的惜别之情。

- 江春不肯留行客,草色青青送马蹄。

  ◇ [唐]刘长卿《送李判官之润州行营》

  江春:指长江两岸宜人的春色。诗句把送别场面写得独具匠心。

- 送送多穷路,遑遑独问津。

　　　　　　　　　　　◇ ［唐］王勃《别薛华》

　　送了一程又一程,前面的路是多么荒寂,踽踽独行的友人沿途问路时,心情该是何等的惶惶不安啊!"穷""独"两字,把送别友人的悲苦心情,渲染得十分真切。

- 请君试问东流水,别意与之谁短长?

　　　　　　　　　　　◇ ［唐］李白《金陵酒肆留别》

　　诗句将滔滔不绝的大江流水与离情别绪相比,倾诉诗人真挚的情谊,把惜别之情写得饱满酣畅,表现出诗人青壮年时代潇洒的情怀。

- 孤帆远影碧空尽,唯见长江天际流。

　　　　　　　　　　　◇ ［唐］李白《黄鹤楼送孟浩然之广陵》

　　诗人望着友人远去的孤帆消失在碧空的尽头,才注意到一江春水浩浩荡荡地流向远远的天际。倾注了诗人对友人孟浩然的一片深情。

离情别恨
LIQING BIEHEN

- 何时石门路,重有金樽开?

    ◇ [唐]李白《鲁郡东石门送杜二甫》

    天宝四载(745),李白与杜甫同游齐鲁,在石门分手时写下此诗。"重有金樽开"表达了李白希望再次与杜甫相聚的心情,表现出诗人间的深厚情谊。

- 浮云游子意,落日故人情。

    ◇ [唐]李白《送友人》

    天空中一抹白云,随风飘浮,象征着友人行踪不定,远处一轮红彤彤的夕阳徐徐而下,似乎不忍离开大地,隐喻诗人对朋友依依惜别的心情。诗句情景交融,扣人心弦。

- 春风知别苦,不遣柳条青。

    ◇ [唐]李白《劳劳亭》

    古时送别有折杨柳送行人的习俗。诗人因送别时柳条未青、无枝可摘而认为这是春风深知离别之苦而故意不让它发青。诗句以奇特的想象,极言离别之苦。

- 慈母手中线，游子身上衣。临行密密缝，意恐迟迟归。

    ◇ ［唐］孟郊《游子吟》

    诗句通过对慈母为远游的儿子缝制衣裳的描写，表现出一种普通而伟大的爱——母爱，"密密缝"写出了母亲怕儿子迟迟难归，故而把衣衫缝制得更为结实一点的细节，表达了母爱的深厚无比。

- 梧桐树，三更雨，不道离情正苦。一叶叶，一声声，空阶滴到明。

    ◇ ［唐］温庭筠《更漏子》

    词句说风雨不管人别离后痛苦的心情，雨点打在梧桐叶上，发出清脆的声响，引起人的失眠，勾动人的愁思。用含蓄的手法，把离愁别恨写得淋漓尽致。

- 蜡烛有心还惜别，替人垂泪到天明。

    ◇ ［唐］杜牧《赠别二首》之二

    诗句展开丰富的想象，将蜡烛彻夜不灭，流着蜡油，想象成是懂得离人的惜别之情，在替离人垂泪。寓情于物，含蓄而动人。

离情别恨
LIQING BIEHEN

- 人生何处不离群?世路干戈惜暂分。

　　◇ [唐]李商隐《杜工部蜀中离席》

　　诗句写出在动乱中友人离别的心情:人生没有不与朋友分离的事情,但在这干戈遍地的时候,即使短暂的分离,也令人担忧是否还能相见而痛怀惜别之情。

- 相见时难别亦难,东风无力百花残。

　　◇ [唐]李商隐《无题》

　　诗句写暮春时与自己所爱的女子别离的伤感情景,"东风无力百花残",渲染了别离时的气氛,情景交融,"残"字写花已经凋谢,使人有凄凉的感觉。

- 会得离人无限意,千丝万絮惹春风。

　　◇ [唐]郑谷《柳》

　　本是春风吹得柳条摇曳、柳絮飘舞,而一个"惹"字,却将被动变为主动,写出了杨柳也能体会人间的离别之愁。

- 莫言归去无人伴，自有中天月正明。

  ◇ ［唐］顾况《送朱拾遗》

  诗句描写离别之恨，但丝毫未流露出伤感之情：你一个人回去也不孤单，难道你没看见天空中的一轮明月吗？

- 剪不断，理还乱，是离愁，别是一般滋味在心头。

  ◇ ［南唐］李煜《乌夜啼》

  词句用具体手法来写抽象的离愁：剪也剪不断，整理还是乱，简直不可收拾，这就是离愁，它在心头，使人感到另外一种特别的滋味。体会真切，写法新奇，不能不引起人们强烈的共鸣。

离情别恨
LIQING BIEHEN

- 多情自古伤离别,更那堪,冷落清秋节!今宵酒醒何处?杨柳岸,晓风残月。

　　◇　[宋]柳永《雨霖铃》

　　词句的大意是:伤离惜别,并非自我而始,自古皆然,而冷落凄凉的秋季,离情更甚于常时。今夜酒醒时在什么地方呢?一定是那晓风残月的杨柳岸边吧。字里行间充满着凄清的气氛,更烘托出清秋时节伤离别的感情。

- 执手相看泪眼,竟无语凝噎。

　　◇　[宋]柳永《雨霖铃》

　　词句用白描的手法,把一对恋人分别时依依不舍的悲伤场面真实地描绘出来,给人以如临其境之感。

- 一向年光有限身,等闲离别易销魂。

　　◇　[宋]晏殊《浣溪沙》

　　词句以"一向年光""有限身",惜春光之易逝,感盛年之不再。在短暂的人生中,别离是常有的事,每一次别离,都占去有限年光的一部分,怎不使人"易销魂"?

- 为君持酒劝斜阳,且向花间留晚照。

　　◇　[宋]宋祁《玉楼春》

　　词句的大意是:为了能与你多聚一会儿,让我举杯请求夕阳,暂且让阳光在花丛中多逗留些时间吧。拟人手法,运用得非常自如。

- 平芜尽处是春山,行人更在春山外。

　　◇　[宋]欧阳修《踏莎行》

　　词人用青山遮目,描写对离人的依依不舍之情:草地尽头是春日的青山,行人已越过青山,再也望不见了。

- 今年花胜去年红,可惜明年花更好,知与谁同?

　　◇　[宋]欧阳修《浪淘沙》

　　春花年年,一年更比一年红,但人事却无常,总是聚散不定。表现出词人对于未来的离别的担忧:明年的春天不知与谁一起赏花。

离情别恨
LIQING BIEHEN

- 无情汴水自东流,只载一船离恨、向西州。

  ◇ [宋]苏轼《虞美人》

  此首词是苏轼与秦观在维扬饮别时所作。词句的大意是:无情的汴水竟自向东流去,船儿载着那满怀离恨的人儿向西州而去。

- 无穷官柳,无情画舸,无根行客。

  ◇ [宋]晁补之《忆少年》

  词句虽无一离别字样,却通过赠别的柳、载人的船、漂泊的行客,把离别的愁绪充分地表现出来。

- 长条故惹行客,似牵衣待话,别情无极。

  ◇ [宋]周邦彦《六丑》

  词句用拟人手法状写物态,在词人眼里,花枝也似恋恋不舍:蔷薇长长的枝条有意牵住远行人的衣服,仿佛有无限的离别之情要向他倾诉。物我交融,曲尽其妙。

- 此情无计可消除,才下眉头,却上心头。

    ◇ [宋]李清照《一剪梅》

    词句用浅近的语言,表现离别之愁难以排解:离别的愁苦怎么也无法排遣,刚刚舒展开眉头,竟又牵挂在心头。

- 何处合成愁?离人心上秋。纵芭蕉、不雨也飕飕。

    ◇ [宋]吴文英《唐多令》

    心上秋:心秋合写为"愁"字。词句以"芭蕉飕飕的声响令人烦恼",写出离人之愁。

离情别恨
LIQING BIEHEN

07 / 忧愁思念
YOUCHOU SINIAN

- 黄鹤一去不复返,白云千载空悠悠。

　　　　　　　　　　　◇ ［唐］崔颢《黄鹤楼》

　　诗人借黄鹤飞去不复返,只留下寂寞空楼和悠悠白云,抒发寂寞、惆怅的愁绪。

- 去年花里逢君别,今日花开已一年。

　　　　　　　　　　◇ ［唐］韦应物《寄李儋元锡》

　　诗是寄赠好友的,所以从回忆去年春天与朋友在长安分别开头,又以花开一年表达思友之情如花萌发。

- 白云如有意,万里望孤舟。

　　　　　　　　◇ ［唐］刘长卿《上湖田馆南楼忆朱宴》

　　通过对"白云飘浮万里、陪伴着孤舟远行"的描写,赋予白云以灵性,用拟人手法把羁旅生涯的孤单寂寞逼真地展现出来。

忧愁思念
YOUCHOU SINIAN

- 死别已吞声,生别常恻恻。

　　◇ [唐]杜甫《梦李白二首》之一

　　诗句未言别,先说死,以死衬托生别,极言李白流放绝域、久无音信在诗人心中造成的痛苦,弥漫着一种悲怆气氛。

- 感时花溅泪,恨别鸟惊心。

　　◇ [唐]杜甫《春望》

　　诗句的大意是:因为感时伤怀,加之别乡离土之苦,即便是站在花前,也无心赏花,反而会对花流泪;即便是听到悦耳的鸟鸣声,也无意倾听,反而会因鸟鸣而心惊。

- 月落乌啼霜满天,江枫渔火对愁眠。姑苏城外寒山寺,夜半钟声到客船。

　　◇ [唐]张继《枫桥夜泊》

　　诗句通过月落、乌啼、霜天、江枫、渔火等关联的景象,描绘出一幅秋夜泊船图,表达了诗人无法排遣的羁旅之愁。

- 相恨不如潮有信,相思始觉海非深。

  ◇ [唐]白居易《浪淘沙》

  词句用贴切、形象的比喻,以"潮有信""海非深",把抽象的"恨"与"思"表达得十分具体。

- 愁肠已断无由醉,酒未到,先成泪。

  ◇ [宋]范仲淹《御街行》

  词句描写思念亲人的愁苦:肝肠寸断,想借酒消愁,但酒还未斟到杯中,就已泪流满面了。其愁苦之情尽在不言中。

- 昨夜西风凋碧树,独上高楼,望尽天涯路。

  ◇ [宋]晏殊《蝶恋花》

  昨夜一阵西风吹落了满地树叶,我独自登上高楼,望尽了天边的路,却不见思念的人归来。

- 欲寄彩笺兼尺素,山长水阔知何处?

　　　　　　　　◇　[宋]晏殊《蝶恋花》

　　彩笺、尺素:都指书信。想写信给你诉说心中的思念与忧愁,可天地如此广阔,有谁知道你在何处呢?

- 无情不似多情苦,一寸还成千万缕。

　　　　　　　　◇　[宋]晏殊《玉楼春》

　　词句形象地描写了相思之苦:无情不像多情那么痛苦,不会把每一寸情愁都化作千丝万缕。

- 细看来,不是杨花,点点是离人泪。

　　　　　　　　◇　[宋]苏轼《水龙吟》

　　词句把飘飞的点点杨花和离人的涟涟泪水结合起来,既写杨花又写人,充分表达了幽怨缠绵的情思。

- 最是西风吹不断,心头往事歌中怨。

  ◇ [宋]舒亶《蝶恋花》

  词句写思念之情:西风怎么也吹不散的,是过去相聚的欢乐和别后的怨恨。

- 桃李春风一杯酒,江湖夜雨十年灯。

  ◇ [宋]黄庭坚《寄黄几复》

  诗句描写诗人漂泊异乡独对孤灯,回忆十年前与友人欢聚、饮酒的场面,给人以凄凉、孤独之感。

- 花自飘零水自流。一种相思,两处闲愁。

  ◇ [宋]李清照《一剪梅》

  花独自悄悄地飘落,水只顾默默地流去,一样的相思,却在两处暗自愁苦。词句用"一种""两处",概括了无数的相思之情、相思之苦。

忧愁思念
YOUCHOU SINIAN

- 梧桐更兼细雨,到黄昏、点点滴滴。这次第,怎一个愁字了得。

  ◇ [宋]李清照《声声慢》

  黄昏的时候,点点滴滴的细雨,敲打着梧桐的叶子,更增添了无限的愁思。这一连串恼人的情景,一个愁字怎能说得明白呢!词句妙在不说明于一个"愁"字之外更有什么心情,表面看有"欲说还休"之势,实际上已将愁恨倾泻无遗了。

- 自伯之东,首如飞蓬。岂无膏沐?谁适为容!

  ◇ 《诗经·卫风·伯兮》

  诗句的大意是:自从丈夫东征以来,我的头发便散乱得像一丛飞蓬;不是没有头油润发,只是我修饰容貌讨谁喜欢呢?表达了女子对丈夫的无比思念和专一之情。

- 青青子衿,悠悠我心。纵我不往,子宁不嗣音?

  ◇ 《诗经·郑风·子衿》

  诗句以生动真实、肖似少女天真的口吻,写出女子思念和埋怨恋人的话,弥漫着浓厚的生活气息。

- 生当复来归,死当长相思。

  ◇ [汉]苏武《留别妻》

  这是征夫离家留给妻子的诗句,语言朴实,感情真挚。把重逢的欢乐、永别的悲哀写得沉痛感人。

- 思君如满月,夜夜减清辉。

  ◇ [唐]张九龄《赋得自君之出矣》

  诗句以皎皎明月象征女子情操的纯洁无邪,将圆月由满而亏,比作女子因思念而日夜憔悴的容颜,从而道出月缺尚有渐圆增辉之时,而女子的相思之苦却是无尽无休的。比喻贴切,想象独特。

- 年年柳色,灞陵伤别。

  ◇ [唐]李白《忆秦娥》

  因思念丈夫而登楼远眺的女子,因眼前一片碧绿的柳色而百感交集,想起灞陵送别亲人时折柳相赠的情景,不免伤心起来。

忧愁思念
YOUCHOU SINIAN

- 汴水流,泗水流,流到瓜洲古渡头。吴山点点愁。

  ◇ [唐]白居易《长相思》

  月明之夜,一个女子独倚高楼,思念着远行的亲人。她的思潮就像汴水、泗水那样朝着南方奔流,一直流到瓜洲渡口。那愁绪就像点点吴山,起伏不已。词中思念和怨恨的情绪交织在一起。

- 过尽千帆皆不是,斜晖脉脉水悠悠,肠断白蘋洲。

  ◇ [唐]温庭筠《梦江南》

  词句写一个女子登楼遥望等待思念的人儿归来的情景:成百成千只帆船都已从眼前驶过,可都不是自己所等待的;夕阳闪着多情的余晖渐渐西沉,江水依然不停地流着;那满绕白蘋的小洲,令人肝肠寸断。

- 柳丝长,春雨细,花外漏声迢递。

  ◇ [唐]温庭筠《更漏子》

  词句写一女子春夜的幽思:柳丝飘飘,春雨绵绵,滴漏之声从遥远的花外传来。

- 袅袅城边柳,青青陌上桑。提笼忘采叶,昨夜梦渔阳。

    ◇ [唐]张仲素《春闺思》

    春天的柳丝嫩叶是引起人们思恋的景物,诗句用"忘采叶"的动作,把女子对丈夫如痴如醉的思念之情十分形象地表现出来。

- 诚知此恨人人有,贫贱夫妻百事哀。

    ◇ [唐]元稹《遣悲怀三首》之二

    诚知:深知。诗句的大意是:夫妻生离死别是人人都有的恨事,但对于同贫贱共患难的夫妻来说,一旦永诀,则是更为悲哀的。诗句表达了诗人对亡妻的深厚感情。

- 一行书信千行泪,寒到君边衣到无?

    ◇ [唐]王驾《古意》

    诗句写女子怀念远征丈夫之情:写一行书信洒下千行眼泪,特别挂念的是天气冷了,寒衣是否送到丈夫身边?

忧愁思念
YOUCHOU SINIAN

- 不见乡书传雁足,唯看新月吐娥眉。

  ◇ [唐]王涯《秋思赠远二首》之一

  诗句描写戍守边陲的征人盼望家书以及对妻子的思念之情。

- 问君能有几多愁?恰似一江春水向东流。

  ◇ [南唐]李煜《虞美人》

  此句是以水喻愁的名句,显示出愁思如春水之汪洋恣肆、奔放倾泻,又如春水之不舍昼夜,长流不断,无穷无尽。

- 日暮汀洲一望时,柔情不断如春水。

  ◇ [宋]寇准《夜度娘》

  诗句描写女子对恋人的思念:傍晚时站在汀洲上远望,胸中涌起的思念就像那不息的春水一般。

- 彼此空有相怜意。未有相怜计。

  ◇ ［宋］柳永《婆罗门令》

  词句直截了当地表现出热恋中的男女，为彼此天各一方、空怀相思之情而苦恼的心情。

- 衣带渐宽终不悔，为伊消得人憔悴。

  ◇ ［宋］柳永《蝶恋花》

  词句透露出一种坚贞不渝的感情：为思念她即使渐渐地形容憔悴、瘦骨伶仃，也决不后悔。

- 脉脉人千里，念两处风情，万重烟水。

  ◇ ［宋］柳永《卜算子》

  这里描写人隔千里、两地相思的情景：那多情苦思的人儿，她思念着我，我思念着她，可叹两地的深情，却被万重江河所阻隔。

忧愁思念
YOUCHOU SINIAN

- 一日不思量,也攒眉千度。

　　　　　　　　　　◇ ［宋］柳永《昼夜乐》

　　词句用夸张的笔法,写出女子的相思之愁:不思量时,一日尚且皱眉千遍,若思量起来,又该怎样呢?

- 楼头残梦五更钟,花底离情三月雨。

　　　　　　　　　　◇ ［宋］晏殊《玉楼春》

　　词句描写一女子思念心上人的孤独与苦闷:五更钟声惊醒了楼头人的残梦,三月的风雨牵动着花下人的离愁。

- 从别后,忆相逢。几回魂梦与君同。

　　　　　　　　　　◇ ［宋］晏几道《鹧鸪天》

　　写词人与一女子别后魂牵梦萦的情形。

- 十年生死两茫茫，不思量，自难忘。千里孤坟，无处话凄凉。

  ◇ ［宋］苏轼《江城子》

  写词人对亡妻的思念之情：十年来彼此生死隔绝，什么都不知道。即使尽量地不去思念她，可是又怎能把她忘怀呢？她葬于千里之外，我无处去诉说自己的孤独和凄凉。

- 我住长江头，君住长江尾。日日思君不见君，共饮长江水。

  ◇ ［宋］李之仪《卜算子》

  用朴素无华的笔调，描写男女间的真挚爱情。用江水喻彼此的思念，又把彼此的思念之情比作滔滔不绝的江水。

- 心思不能言，肠中车轮转。

  ◇ ［汉］《悲歌》

  诗句写诗人心中的愁思无从诉说，只能独自悲伤的情感。

忧愁思念
YOUCHOU SINIAN

- 最恨细风摇幕,误人几度迎门。

  ◇ [宋]晁端礼《清平乐》

  以细致入微的笔触描写一女子盼望心上人归来的心情:最恨那细风吹动门帘,害得我几次都以为是他回来了而赶紧去门口迎接。

- 相思休问定何如。情知春去后,管得落花无。

  ◇ [宋]晁冲之《临江仙》

  写相思之苦与无可奈何的心情:别问相思之情到底会怎样,明明知道,春天一去,谁还管它花落不落。

- 莫道不销魂,帘卷西风,人比黄花瘦。

  ◇ [宋]李清照《醉花阴》

  重阳深秋,在篱边瑟瑟开着的菊花一下子触动了词人的情怀:别说愁苦不伤神呵!为思念远离的丈夫,人憔悴了,与那黄色的菊花相比,还显得瘦弱了许多呢!

08 / 婚姻爱情
HUNYIN AIQING

- 关关雎鸠，在河之洲。窈窕淑女，君子好逑。

  ◇ 《诗经·周南·关雎》

  诗人见到河洲上成双成对和鸣的雎鸠，联想到美好的姑娘是君子的佳偶。

- 投我以木瓜，报之以琼琚。匪报也，永以为好也。

  ◇ 《诗经·卫风·木瓜》

  诗的大意是：她把木瓜送给我，我用玉佩回报她。其实，本意不在报答，而是为了表达我对她永远的爱慕之情。

- 结发为夫妻，恩爱两不疑。

  ◇ ［汉］苏武《留别妻》

  诗句告诫已经结为夫妻的人们，应当永结同心，彼此信任，不能相互猜疑。

- 愿得一心人,白头不相离。

  ◇ [汉]卓文君《白头吟》

  诗句表达待字闺阁的姑娘的心声:但愿嫁个永不变心的人,白头到老,永不分离。

- 君当作磐石,妾当作蒲苇;蒲苇纫如丝,磐石无转移。

  ◇ [汉]乐府古辞《孔雀东南飞》

  诗句用"蒲苇"柔韧"如丝""磐石"大而不可"转移"比喻爱情的坚贞不渝。

- 理丝入残机,何悟不成匹!

  ◇ [晋]无名氏《子夜歌四十二首》之七

  诗句以"把理好的丝安在残破的织布机上是织不成布匹的",比喻两人不相匹配,不能结为伴侣。

- 两相思，两不知。

  ◇ ［南朝·宋］鲍照《代春日行》

  诗句写出少男少女痴情而又矜持、心心相印而又各不相告的情形。

- 红豆生南国，春来发几枝？愿君多采撷，此物最相思。

  ◇ ［唐］王维《相思》

  诗句洋溢着少年热情、青春的气息，句句话儿不离红豆，而又"超以象外，得其圜中"，把相思之情表达得入木三分。

- 春风不相识，何事入罗帏？

  ◇ ［唐］李白《春思》

  诗句写妇女怀念远行的丈夫而不为外物所动，一心等待归人的情形：春风不曾相识，为何要吹入我的罗幕？

- 早知潮有信,嫁与弄潮儿。

  ◇ [唐]李益《江南曲》

  诗句通过一个商人妻子之口,表达不重金钱而重夫妻团聚的感情。

- 东边日出西边雨,道是无晴却有晴。

  ◇ [唐]刘禹锡《竹枝词二首》之一

  诗句巧用谐音,表面是写天气一边下雨一边出太阳,实是写感情,把一位沉浸在初恋中的少女的迷惘、眷恋以及半信半疑的复杂心情,形象、生动地刻画出来。

- 花红易衰似郎意,水流无限似侬愁。

  ◇ [唐]刘禹锡《竹枝词九首》之二

  诗句用"花红易衰"比喻情郎的薄情,用"水流无限"比喻失恋女子的忧愁绵绵。

- 在天愿作比翼鸟,在地愿为连理枝。

  ◇ [唐]白居易《长恨歌》

  诗句以"比翼鸟""连理枝"比喻爱情的牢固与忠贞。

- 何当共剪西窗烛,却话巴山夜雨时。

  ◇ [唐]李商隐《夜雨寄北》

  此为诗人写给妻子的一首七言绝句中的后两句,大意是:何时能相聚在西窗下剪烛长谈,再来忆说今时巴山夜雨的情景呢?表达了诗人对爱妻的思恋之情。

- 春心莫共花争发,一寸相思一寸灰。

  ◇ [唐]李商隐《无题四首》之二

  诗句是因爱情生活屡受挫折感到失望而发出的劝诫:向往爱情的心愿不要与春花争荣竞发,因为寸寸相思都将化为灰烬。

- 身无彩凤双飞翼,心有灵犀一点通。

　　　　　　　　◇ ［唐］李商隐《无题二首》之一

　　古代传说犀牛角有白纹,感应灵敏,所以称犀牛角为"灵犀"。诗句的大意是:没有凤凰那样可以比翼双飞的翅膀,但心情却与感应灵敏的犀牛角一样心领神会,感情共鸣。

- 不结同心人,空结同心草。

　　　　　　　　◇ ［唐］薛涛《春望词四首》之三

　　两句强调志同道合是美满婚姻的基础。

- 曾经沧海难为水,除却巫山不是云。

　　　　　　　　◇ ［唐］元稹《离思五首》之四

　　诗人以沧海之水和巫山之云隐喻自己与亡妻间的感情,其深广和美好是世间无与伦比的。言外之意是,除了亡妻外,世上再也没有能使自己动情的女子了。

- 那堪更被明月，隔墙送过秋千影。

  ◇ ［宋］张先《青门引》

  词句通过对溶溶月光居然把隔墙的秋千影子送过来的描写，表现词人对那位荡秋千的女子的思恋之情。

- 月上柳梢头，人约黄昏后。

  ◇ ［宋］欧阳修《生查子》

  词句写元宵之夜，恋人相约，在黄昏之后、月上柳树梢的时候同去看灯的情景。

- 恩情须学水长流。

  ◇ ［唐］鱼玄机《寄子安》

  诗句告诉人们对爱情应当忠贞不渝，要像源源不断的流水那样永无止境。

- 两情若是久长时,又岂在朝朝暮暮。

　　　　　　　　　　　　　　◇　[宋]秦观《鹊桥仙》

　　词句歌颂真挚不渝、天长地久的爱情:只要彼此能真诚相爱,即使终年天各一方,也比朝夕相伴的庸俗情趣要可贵得多。

- 桃花落,闲池阁。山盟虽在,锦书难托。莫!莫!莫!

　　　　　　　　　　　　　　◇　[宋]陆游《钗头凤》

　　"山盟虽在,锦书难托",难诉之痛苦溢于言外:虽说自己情如山石,但这样的一片赤诚心意,又如何表达呢?"莫!莫!莫!"痛断肝肠,明明言犹未尽、意犹未了、情犹未终,却偏偏要不了了之。

- 换我心,为你心,始知相忆深。

　　　　　　　　　　　　　　◇　[宋]顾夐《诉衷情》

　　词句表明,只有心心相印,才是真正的爱情。

09 / 思乡怀故
SIXIANG HUAIGU

- 鸟飞反故乡兮，狐死必首丘。

  ◇ 《楚辞·九章·哀郢》

  反：同"返"，回。诗人以"鸟飞回故乡"和"狐死时必头向着它出生的山丘"说明自己不忘祖国和家乡是必然的。

- 胡马依北风，越鸟巢南枝。

  ◇ ［汉］无名氏《行行重行行》

  诗句以北地的马依恋北风、越地的鸟巢于南枝比喻离乡背井的人永远不会忘记故土。

- 悲歌可以当泣，远望可以当归。

  ◇ ［汉］乐府古辞《悲歌》

  诗句写游子以悲歌来代替哭泣，以遥望来代替还乡，更加重了游子生活的悲剧气氛。

- 游子久不归，不识陌与阡。

  ◇ ［三国·魏］曹植《送应氏二首》之一

  诗句的大意是：久居在外的游子回归故里，连那里的道路都辨认不出了。

思乡怀故
SIXIANG HUAIGU

- 近乡情更怯,不敢问来人。

  ◇ [唐]宋之问《渡汉江》

  诗人被贬到岭外,回乡途中迫切想知道家中情况,但又怕家里可能发生了什么意外,所以胆怯得不敢向来人打听了。诗句真实、细致地反映了诗人身遭不幸、久客还乡的心情。

- 长江悲已滞,万里念将归。况属高风晚,山山黄叶飞。

  ◇ [唐]王勃《山中》

  诗句写长江滚滚东去,客居他乡的人却长期被阻隔留滞,思念着能早日登上万里归程。诗人把游子思乡的情绪寄寓在景物描写之中,凄凉的深秋景色,更增加了思乡的忧伤。

- 君自故乡来,应知故乡事。来日绮窗前,寒梅著花未?

  ◇ [唐]王维《杂诗三首》之二

  诗句以一种不加修饰、接近于生活自然状态的形式,传神地表达了诗人的思乡之情。

- 床前明月光,疑是地上霜。举头望明月,低头思故乡。

　　　　　　　　　　◇ ［唐］李白《静夜思》

　诗句语言简洁明了,画出了一幅月夜思乡图。

- 马上相逢无纸笔,凭君传语报平安。

　　　　　　　　　　◇ ［唐］岑参《逢入京使》

　　走马相逢,没有纸和笔,就请你给我捎个平安的口信到家里吧。诗句表达了诗人对家乡、亲人的眷恋,也体现了诗人开阔豪迈的胸襟。

- 烽火连三月,家书抵万金。

　　　　　　　　　　◇ ［唐］杜甫《春望》

　　战火绵延不断,一封家书抵得上黄金万两。诗句写出戍边将士盼望有家中亲人消息的迫切心情。

思乡怀故
SIXIANG HUAIGU

- 露从今夜白,月是故乡明。

　　◇ [唐]杜甫《月夜忆舍弟》

　　诗句写白露时节的夜晚,清露盈盈,令人顿生寒意,诗人因思念家乡和流散的几个弟弟,偏说故乡的月亮最明,把心理幻觉说得那么肯定。

- 复恐匆匆说不尽,行人临发又开封。

　　◇ [唐]张籍《秋思》

　　诗句真切地表达了游子对家乡亲人的思念之情。"行人临发又开封"的细节,生动地描绘出写家信的人千思万绪、叮咛唯恐不周的情态。

- 逢人渐觉乡音异,却恨莺声似故山。

　　◇ [唐]司空图《漫书五首》之一

　　因为莺声触动了诗人思乡的隐痛,便用一"恨"字迁怒于莺了。诗句把"迁怒"之情写得自然真实,表达了诗人的思乡之深。

- 浊酒一杯家万里,燕然未勒归无计。

  ◇ [宋]范仲淹《渔家傲》

  一杯劣酒,消不了浓浓乡愁。战争没有取得胜利,还乡之计无从谈起,然而要溃敌立功,又谈何容易!

- 明月楼高休独倚,酒入愁肠,化作相思泪。

  ◇ [宋]范仲淹《苏幕遮》

  词句直写思乡之情:明月高悬的夜晚,独自上高楼倚望,那苍茫凄凉的秋色引起对家乡的思念,那借以浇愁的酒,都化作了思乡的泪水。

- 不忍登高临远,望故乡渺邈,归思难收。

  ◇ [宋]柳永《八声甘州》

  忍不住登高远望,故乡虽遥远,但思归的心情是压抑不住的。

● 春风又绿江南岸,明月何时照我还?

◇ [宋]王安石《泊船瓜洲》

诗人不直接说自己思念家乡,而是用疑问的口吻提出:"明月何时照我还"?含意深长,含蓄地表达了自己的思乡之情。一个"绿"字,使人想到江南迷人的春色。

● 含情欲说独无处,传与琵琶心自知。

◇ [宋]王安石《明妃曲二首》之二

诗句写王昭君独在异乡,只好把深藏在心底的对故乡和亲人的思念,通过琵琶弹奏出来。

● 未到江南先一笑,岳阳楼上对君山。

◇ [宋]黄庭坚《雨中登岳阳楼望君山二首》之一

诗句以江南在望,道出欢欣,却不说在望而说"未到","未到江南"已经禁不住"先一笑"了,回到家乡见了亲人,欣喜如何,便可想而知了。

- 五更归梦二百里,一日思亲十二时。

    ◇ [宋]黄庭坚《思亲汝州作》

    诗句写出对亲人的思念之情:整夜做梦,回到了二百里外的家乡;整日思亲,十二个时辰接连不断。

- 惟有夜来归梦,不知身在天涯。

    ◇ [宋]贺铸《清平乐》

    词句写词人思乡之情:只有在与家人欢聚的梦中,才稍解异乡漂泊的悲苦。

- 天便教人,霎时厮见何妨?

    ◇ [宋]周邦彦《风流子》

    老天就叫我们见上一面吧,哪怕就是一会儿的工夫,又有什么妨碍呢?写来直抒胸臆,把急切的思念之情和盘托出。

- 试登绝顶望乡国,江南江北青山多。

◇ [宋]苏轼《游金山寺》

诗句以长江两岸的青山重重叠叠,遮断了眺望家乡的视线来表现词人思乡而不得归乡的愁苦。

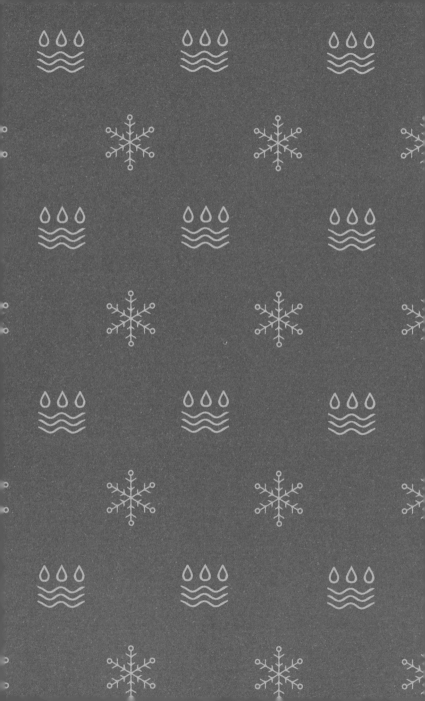

10 / 节令抒怀
JIELING SHUHUAI

- 海上生明月,天涯共此时。

  ◇ [唐]张九龄《望月怀远》

  这是月夜怀念亲人的千古佳句。诗人由望明月而把自己与远在天涯的亲人联系在一起,看似平淡无奇,却蕴涵着一种高华浑融的意境。

- 独在异乡为异客,每逢佳节倍思亲。

  ◇ [唐]王维《九月九日忆山东兄弟》

  诗句写游子的处境和逢节思亲的苦痛。"每逢佳节倍思亲"已成为表现思乡之情的脍炙人口的名句。

- 今夜月明人尽望,不知秋思落谁家。

  ◇ [唐]王建《十五夜望月》

  中秋之夜,人人都在望月,但感秋之意、怀人之情却各不相同。诗人以一种疑问语气,将对月怀远的情思表现得深沉而又委婉动人。

- 纤云四卷天无河,清风吹空月舒波。

  ◇ [唐]韩愈《八月十五夜赠张功曹》

  诗句写八月十五日夜晚,碧空无云、清风明月、万籁俱寂的景色,极尽空灵之情致。

- 一年明月今宵多,人生由命非由他。有酒不饮奈明何!

  ◇ [唐]韩愈《八月十五夜赠张功曹》

  诗句的大意是:一年中唯有今天的月亮最为明亮,人生的境遇都是命中注定的,还是举起酒杯畅饮吧,千万不要辜负了皎洁的月亮。

- 清明时节雨纷纷,路上行人欲断魂。

  ◇ [唐]杜牧《清明》

  诗句抓住清明时节的气候特点,用白描手法,成为描写清明节景物的佳句:清明时节,春雨纷纷不停,游人在旅途中冒着寒雨,思亲怀土之情油然而生,心里极为悲伤。

- 年年今夜,月华如练,长是人千里。

    ◇ ［宋］范仲淹《御街行》

    词句由中秋之月引出乡思:每年的这一天夜晚,月光都明亮得如同洁白的丝绸,可亲人总是远隔千里不能团聚。

- 今年元夜时,月与灯依旧。不见去年人,泪湿春衫袖。

    ◇ ［宋］欧阳修《生查子》

    词句的大意是:今年元宵夜,月与灯照耀得跟去年一样,可是去年相伴看灯的人儿却不见了。想到这里,不禁泪流满面,沾湿衣袖。

- 中秋谁与共孤光,把盏凄然北望。

    ◇ ［宋］苏轼《西江月》

    词人在中秋之夜,把盏北望,念远怀人,无限情思,充满孤寂落寞及不被理解的苦楚。

- 暮云收尽溢清寒,银汉无声转玉盘。

  ◇ [宋]苏轼《阳关曲》

  词句生动形象地描绘出中秋月夜的景色,以秋高气爽、清幽寂静的夜空为背景,一个"转"字,既使夜空静中有动,又突出了秋月的团圆。

- 相逢不用忙归去,明日黄花蝶也愁。

  ◇ [宋]苏轼《九日次韵王巩》

  朋友们在重阳节相遇了,就不要忙着回家,过了重阳这个日子,菊花就开得不那么茂盛了,连蝴蝶也愁没有去处,更何况人乎!后人以"明日黄花"比喻过时的、失去意义的东西。

- 明月几时有?把酒问青天。

  ◇ [宋]苏轼《水调歌头》

  自古就有明月,词人并非不知,之所以在中秋之夜对青天发出如此迷惘的痴问,正是词人内心深处郁结已久的痛苦无法抑制的迸发。

- 今朝一岁大家添,不是人间偏我老。

  ◇ [宋]陆游《木兰花》

  立春之日,词人强作欢笑,明言非我一人变老,其实正是深感流光虚掷的自我写照,读来令人平添伤感之意。

- 灯火钱塘三五夜,明月如霜,照见人如画。

  ◇ [宋]苏轼《蝶恋花》

  通过描写杭州元宵之夜的热闹场景,反衬出密州元宵之夜的寂寞。杭州十五夜月正圆,灯月交辉,引来满城游人争相观赏,着墨不多,却是有声有色。

- 人意共怜花月满,花好月圆人又散。

  ◇ [宋]张先《木兰花》

  此句慨叹世事难以十全十美:人们都喜爱花好月圆,可是花好月圆时,朋友们又各在一方了。

节令抒怀
JIELING SHUHUAI

- 今夕不登楼，一年空过秋。

　　◇　［宋］高观国《菩萨蛮》

　　词句既是对中秋明月的高度赞赏，又是诗人自劝与劝人勿辜负良辰美景的警语。

- 白下有山皆绕郭，清明无客不思家。

　　◇　［明］高启《清明呈馆中诸公》

　　白下：南京的别称。诗句由李白"青山横北郭，白水绕东城"变来，写羁旅中的客愁与乡思。

- 悄立市桥人不识，一星如月看多时。

　　◇　［清］黄景仁《癸巳除夕偶成二首》之一

　　诗句描写诗人穷愁潦倒、寂寞无依的凄凉状况：只有悄立在人们认不出自己的市桥附近，仰望长空，把一颗星星当作月亮凝视，似乎只有这一颗星星才是自己的朋友和亲人，陪伴自己度过这除夕之夜。

11 / 惜时伤感
XISHI SHANGGAN

- 惟草木之零落兮,恐美人之迟暮。

　　　　　　　　　　　　　　◇ 《楚辞·离骚》

　　由于诗人具有尽忠于祖国的人生观,所以特别感到时光易逝、生命短促,很怕自己与草木同朽而没有任何成就。诗句表现了诗人惜时进取的精神。

- 年岁晚暮时已斜,安得力士翻日车!

　　　　　　　　　　　　　　◇ [汉]李尤《九曲歌》

　　诗句惋惜年华已逝:年岁大了如同太阳偏西,哪里会有个力大无穷的人能把太阳的车子掉个头儿,使时光倒流呢!

- 百川东到海,何时复西归?少壮不努力,老大徒伤悲。

　　　　　　　　　　　　　　◇ [汉]乐府古辞《长歌行》

　　诗句以"百川归海,不能倒流"这一不可辩驳的事实,劝人应惜时努力,以免年老时空自悲切。

惜时伤感
XISHI SHANGGAN

- 对酒当歌,人生几何?

　　◇ ［东汉］曹操《短歌行二首》之一

　　这是诗人对人生短促的感叹,但他并不因此而消沉,反而产生一种时光易逝的紧迫感。

- 不惜黄金散尽,只畏白日蹉跎。

　　◇ ［北周］王褒《高句丽》

　　诗句体现诗人对人生价值的执着追求:不顾惜千金散尽,却害怕光阴虚掷而无所立。

- 节物风光不相待,桑田碧海须臾改。

　　◇ ［唐］卢照邻《长安古意》

　　诗人借时光飞逝、沧海桑田,衬托世事无常和人生短促。

- 少小离家老大回,乡音无改鬓毛衰。儿童相见不相识,笑问客从何处来。

    ◇ [唐]贺知章《回乡偶书二首》之一

    诗句概括出数十年久居他乡的事实,含蓄幽默地表现诗人对故乡既感到亲切又感到陌生的复杂心理,同时也有感叹年华易逝的心情。

- 春与人相乖,柳青头转白。

    ◇ [唐]岑参《西蜀旅舍春叹,寄朝中故人呈狄评事》

    诗句以"春天使柳枝发青,却使人的头发变白"比喻时间催人老,劝诫人们应该珍惜大好时光,奋发向上。

惜时伤感
XISHI SHANGGAN

- 江畔何人初见月？江月何年初照人？人生代代无穷已，江月年年望相似。不知江月待何人，但见长江送流水。

    ◇ ［唐］张若虚《春江花月夜》

    一个人的生命是短暂易逝的，而人类的存在则是绵延久长的，因此"代代无穷已"的人生就与"年年望相似"的明月得以共存。这是诗人从大自然的美景中感受到的一种慰藉，虽有对人生短暂的伤感，但并不颓废与绝望。

- 君不见，黄河之水天上来，奔流到海不复回。

    ◇ ［唐］李白《将进酒》

    黄河源远流长，落差极大，仿佛从天而降，一泻千里。上句写大河之来，势不可挡；下句写大河之去，势不可回。既写出了黄河的雄伟气势，又发出了时光易逝的感叹。

- 弃我去者,昨日之日不可留。乱我心者,今日之日多烦忧。

    ◇ [唐]李白《宣州谢朓楼饯别校书叔云》

    诗句写出时光易逝而现实生活又不能尽如人意的事实,有虚度年华之感慨。

- 一片花飞减却春,风飘万点正愁人。

    ◇ [唐]杜甫《曲江二首》之一

    "一片花飞",春残之始;"风飘万点",春残欲尽。面对这个由始到尽的过程,诗人的愁绪亦逐步升级,表现出无可奈何的惜春情绪。

- 无边落木萧萧下,不尽长江滚滚来。

    ◇ [唐]杜甫《登高》

    诗句集中表现了夔州秋天的典型特征:落叶萧萧,江水滚滚。"无边""不尽"使"萧萧""滚滚"更加形象化,不仅使人联想到落木的窸窣声和长江的汹涌之状,更在无形中传达了时光易逝、壮志难酬的伤感。

惜时伤感
XISHI SHANGGAN

- 一年始有一年春,百岁曾无百岁人。

  ◇ [唐]崔敏童《宴城东庄》

  每年开始就有一个春天,但百年之中却没有一个百岁的人。感叹时光无穷而人生短促。

- 不是花中偏爱菊,此花开尽更无花。

  ◇ [唐]元稹《菊花》

  并非是我对百花中的菊花特别偏爱,只因它开完之后,一年之中就再也没有什么花可开了。诗人借特别珍惜赏菊的机会,发出对美好日子流逝的感慨。

- 夕阳无限好,只是近黄昏。

  ◇ [唐]李商隐《乐游原》

  诗句写诗人喜爱残阳的美丽而又感到有所不足的心情:夕阳的景色无限美好,可惜夜幕即将降临,美景亦将消逝。暗含着诗人对唐王朝衰败的忧虑。

- 黄河清有日，白发黑无缘。

    ◇ ［唐］刘采春《啰唝曲六首》之五

    诗句慨叹青春一去不复返：黄河还有澄清的时候，但白发却永远不会再变黑。

- 劝君莫惜金缕衣，劝君惜取少年时。花开堪折直须折，莫待无花空折枝。

    ◇ ［唐］佚名《金缕衣》

    堪折：能折。诗句告诫人们：人生最宝贵的东西是时光，青春时光比一切都宝贵须倍加珍惜，莫辜负美好时光。

- 羲和敲日玻璃声。

    ◇ ［唐］李贺《秦王饮酒》

    诗人以羲和敲打太阳发出的声音就如同敲打玻璃的声音这一奇特的想象，形象地说明时光的流逝。

惜时伤感
XISHI SHANGGAN

- 似花还似非花，也无人惜从教坠。

    ◇ ［宋］苏轼《水龙吟》

    词句准确地把握住杨柳那"似花非花"的特性：说它"非花"，却名为"杨花"，与百花同开；说它"似花"，却形态碎小，色淡无香，天下惜花者虽多，而惜杨花者却少。词人借叹"杨花的飘零无人顾惜"，慨叹人的青春消逝无人关怀。

- 人似秋鸿来有信，事如春梦了无痕。

    ◇ ［宋］苏轼《正月二十日与潘郭二生出郊寻春忽见去年是日同至女王城作诗乃和前韵》

    诗人用鸿雁每年秋天都按时从北方飞到南方比喻自己与友人每年都按时到此聚会；用春夜梦境易于消逝比喻人事匆匆难以追怀。

- 春宵一刻值千金，花有清香月有阴。

    ◇ ［宋］苏轼《春宵》

    诗句极言时间的短暂与珍贵：春天的夜晚舒适宜人，一刻时分就有千金的价值；月光朦胧，鲜花散发出沁人心脾的香味，使人流连不忍睡去。

- 春归何处?寂寞无行路。若有人知春去处,唤取归来同住。

　　　　　　　　　　　◇　[宋]黄庭坚《清平乐》

　　这是一首惜春词。几句把春天写得有知有觉,表现了词人对春天的留恋之情。

- 一身报国有万死,双鬓向人无再青。

　　　　　　　　　　　◇　[宋]陆游《夜泊水村》

　　诗句慨叹青春不再、时光易逝:精忠报国的人有很多为国捐躯的机会,但时光易逝,斑白的两鬓是不会再有返青的时候了。

- 问春何苦匆匆,带风伴雨如驰骤。

　　　　　　　　　　　◇　[宋]晁补之《水龙吟》

　　写出词人的惜春之情:春天为什么如此匆忙,带着风雨飞驰而去?

惜时伤感
XISHI SHANGGAN

- 昨夜雨疏风骤,浓睡不消残酒。

  ◇ [宋]李清照《如梦令》

  以"雨疏风骤"描写出江南初夏夹风带雨、细雨急风的摧花天气,把词人为花悲喜、为花醉醒的惜花伤春之情表现得婉转而又含蓄。

- 流光容易把人抛,红了樱桃,绿了芭蕉。

  ◇ [宋]蒋捷《一剪梅》

  词句慨叹时间如梭、光阴似箭:时间过得真快,转眼间樱桃红了,芭蕉绿了。"红""绿"色彩鲜丽,对比强烈,点染了江南夏日景色。

- 春风秋月不相待,倏忽朱颜变白头。

  ◇ [明]于谦《静夜思》

  倏忽:形容极快。诗句告诫人们:时不待人,青春时代转眼就会过去,应当珍惜青春年华。

12 / 托物抒情
TUOWU SHUQING

- 望云惭高鸟,临水愧游鱼。

　　　　　　　◇　[晋]陶潜《始作镇军参军经曲阿作》

　　诗人由鱼鸟都按照各自的习性生活而联想到自己却要违反隐居的本愿去当官,不禁深感惭愧。

- 曲径通幽处,禅房花木深。

　　　　　　　◇　[唐]常建《题破山寺后禅院》

　　诗句成功地写出禅院的幽深,诗人欣赏这幽美绝世的居处,领略空门忘情尘俗的意境,寄托自己遁世无门的情怀。

- 空山新雨后,天气晚来秋。明月松间照,清泉石上流。

　　　　　　　◇　[唐]王维《山居秋暝》

　　诗句仿佛是一幅清新秀丽的山水画,通过对空寂的山林、朗照的明月、漫流的清泉的描写,抒发诗人追求远离世俗的情怀。

托物抒情
TUOWU SHUQING

- 大漠孤烟直，长河落日圆。

  ◇ ［唐］王维《使至塞上》

  诗句写进入边塞后所看到的塞外奇特壮丽的风光，一个"孤"字写出景物的单调，又巧妙地把诗人孤寂的情绪融入广阔的自然景象。

- 两岸青山相对出，孤帆一片日边来。

  ◇ ［唐］李白《望天门山》

  诗人通过青山、红日、孤帆，抒发对祖国山川的无比热爱之情。

- 星垂平野阔，月涌大江流。

  ◇ ［唐］杜甫《旅夜书怀》

  诗句以乐景写哀情，通过描写明星低垂、平野辽阔、月随波涌、大江东流，反衬出诗人孤苦伶仃的形象和颠连无告的凄怆心情。

- 旧时王谢堂前燕，飞入寻常百姓家。

  ◇ ［唐］刘禹锡《乌衣巷》

  春天燕子照旧飞来了，昔日它们在达官显贵的画堂前营巢，今天却飞进普通老百姓家中垒窝了。诗句寓意深刻，使人清晰地听到诗人对这一变化发出的沧海桑田的感慨。

- 谁言寸草心，报得三春晖。

  ◇ ［唐］孟郊《游子吟》

  对于春光般厚博的母爱，区区小草似的儿女怎能报答万一呢？诗句写出了母爱的无比伟大、温暖。

- 野火烧不尽，春风吹又生。

  ◇ ［唐］白居易《赋得古原草送别》

  诗句歌颂野草顽强的生命力：烈火再猛，也无奈野草那深藏地底的根须，一旦春风化雨，野草的生命力便会复苏，以迅速的长势，重新铺盖大地。

托物抒情
TUOWU SHUQING

- 春蚕到死丝方尽,蜡炬成灰泪始干。

　　　　　　　　　　　　◇ [唐]李商隐《无题》

　　春蚕直到死的时候才停止吐丝,蜡烛燃尽时才停止流下烛泪。诗句既比喻诗人对所爱的人忠贞不渝的感情和思念,亦借此抒发自己政治上屡遭挫折之后的苦闷心情。

- 只在此山中,云深不知处。

　　　　　　　　　　　　◇ [唐]贾岛《寻隐者不遇》

　　诗句于平淡中见深沉,写出了隐者的踪迹不定,飘逸超尘。

- 蕙兰有恨枝尤绿,桃李无言花自红。

　　　　　　　　　　　　◇ [南唐]冯延巳《舞春风》

　　词句用拟人手法,把蕙兰、桃李都写得深有情意,以寄托词人的思念之情。

- 大江东去,浪淘尽、千古风流人物。

　　　　　　　　　　　　◇ [宋]苏轼《念奴娇》

　　词句从滚滚东流的长江入笔,把源远流长的大江与三国时代的豪杰们联系起来,既使人们看到大江汹涌奔腾的雄伟气势,又使人想起历史人物的不朽功绩,更能体会词人凭吊胜地时的起伏心情。

- 记得绿罗裙,处处怜芳草。

　　　　　　　　　　　　◇ [宋]贺铸《生查子》

　　词人在此用了曲喻手法,写来委婉动人:草是绿的,从而联想到罗裙的绿,又从罗裙的绿联想到穿裙的人,于是看到绿草就联想到那人,因为爱那人,也就爱绿草。

- 试问闲愁都几许?一川烟草,满城风絮,梅子黄时雨。

　　　　　　　　　　　　◇ [宋]贺铸《青玉案》

　　词句用烟草、风絮、梅雨三种事物来比喻愁思之多,黄梅时节,满河烟雨迷蒙,满城飞絮飘扬,寓情于景,意味无穷。

托物抒情
TUOWU SHUQING

- 知否？知否？应是绿肥红瘦。

  ◇ ［宋］李清照《如梦令》

  词句以"红""绿"，点染了雨后海棠花、叶的鲜丽色彩；"肥"形容疏雨之后，叶子的丰腴、润泽；"瘦"比喻狂风吹过，花朵的消损、稀疏，巧妙地表现了词人的惜花之情。

- 宁可枝头抱香死，何曾吹落北风中。

  ◇ ［宋］郑思肖《寒菊》

  诗句借菊花直至枯死而不离其枝的忠贞形象，比喻诗人不忘故国的心情和高尚的情操。

- 落红不是无情物，化作春泥更护花。

  ◇ ［清］龚自珍《己亥杂诗三百一十五首》之五

  诗人以"落红"，比喻自己离开官场，以花比喻自己的理想与信念，表现诗人虽然离开官场，但仍然维护自己的理想、信念的决心。

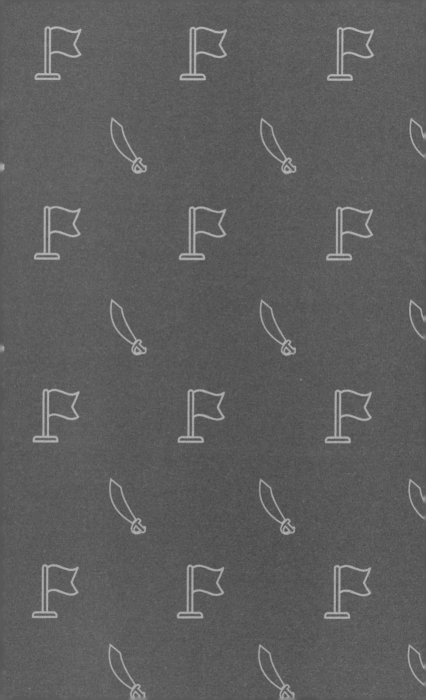

13 / 忧国忧民

YOUGUO YOUMIN

- 月明星稀，乌鹊南飞。绕树三匝，何枝可依？

    ◇ [东汉]曹操《短歌行二首》之一

    诗句以乌鹊飞翔无依，比喻老百姓流离失所，无处安身。

- 白骨露于野，千里无鸡鸣。

    ◇ [东汉]曹操《蒿里行》

    诗句描述汉末讨伐董卓的诸方割据势力互相争夺所造成的丧乱景象：漫山遍野堆满白骨，千里之地寂无人烟。

- 出门无所见，白骨蔽平原。

    ◇ [三国·魏]王粲《七哀诗三首》之一

    诗句以"累累白骨遮蔽无垠的平原"揭露战乱给人民带来的深重灾难。

- 秦时明月汉时关,万里长征人未还。但使龙城飞将在,不教胡马度阴山。

  ◇ [唐]王昌龄《出塞二首》之一

  诗句由"秦时明月"与"汉时关",点明因从古至今战事不断,远征的亲人至今没有归来,引起人们的深思,并由此直抒胸臆,表达人民希望过上和平生活的强烈愿望。

- 安得壮士挽天河,尽洗甲兵长不用!

  ◇ [唐]杜甫《洗兵马》

  安得:怎么能够。天河:银河。挽天河:挽银河之水。洗甲兵:原意为洗了甲兵有利于战斗,这里指停止战争。诗句表达了诗人对和平生活的向望。

- 国破山河在,城春草木深。

  ◇ [唐]杜甫《春望》

  诗人身陷安史叛军占据的长安,忧乱伤春,写了这首诗。诗句中一个"破"字,使人触目惊心,一个"深"字,令人满目凄凉,写出了国都沦陷,城池破败,山河依旧,而乱草遍地,林木苍苍的荒芜景象。

- 人世几回伤往事,山形依旧枕寒流。

　　◇　[唐]刘禹锡《西塞山怀古》

　　诗句没有描绘西塞山的奇伟竦峭,而是用"依旧"两字,发出了人世变迁频仍而山川依旧的感慨。

- 可怜夜半虚前席,不问苍生问鬼神。

　　◇　[唐]李商隐《贾生》

　　汉文帝在宣室召见贾谊,询问鬼神的本原。诗句讽刺汉文帝热衷于鬼神之事,而不关心百姓的疾苦,同时对贾谊不得施展治国安民的抱负深为惋惜。

- 我愿君王心,化作光明烛。不照绮罗筵,只照逃亡屋。

　　◇　[唐]聂夷中《咏田家》

　　绮罗筵:高朋满座的筵席。逃亡屋:逃亡在外的穷人之家。诗句表现出诗人对穷苦农民的同情之心。

忧国忧民
YOUGUO YOUMIN

- 春花秋月何时了？往事知多少！小楼昨夜又东风，故国不堪回首月明中！

  ◇ ［南唐］李煜《虞美人》

  "春花秋月"由于能勾起对往事的怀念，因此，词人发出了"春花秋月何时了"之叹，表达了深沉的亡国之恨。

- 六朝旧事随流水，但寒烟衰草凝绿。

  ◇ ［宋］王安石《桂枝香》

  两句感叹六朝皆因荒乐而相继倾覆：六朝的兴亡旧事已随流水一去不复返了，只有寒烟笼罩着的衰草还凝聚着绿色。

- 王师北定中原日，家祭无忘告乃翁。

  ◇ ［宋］陆游《示儿》

  诗句表现诗人期待祖国统一的爱国热情：大宋军队收复中原时，不要忘记在家祭时把胜利的消息告诉你的父亲。

- 塞上长城空自许,镜中衰鬓已先斑。

 ◇ [宋]陆游《书愤五首》之一

 诗句说诗人自己白白地以檀道济"塞上长城"自许,壮志还没实现,已年近花甲了。抒发了报国时机已失的感伤。

- 寻寻觅觅,冷冷清清,凄凄惨惨戚戚。

 ◇ [宋]李清照《声声慢》

 词句中七对叠字连贯、流畅,一气呵成,倾吐了词人对国破家亡的无限愁苦和酸辛。

- 孤臣霜发三千丈,每岁烟花一万重。

 ◇ [宋]陈与义《伤春》

 霜发三千丈:极言诗人为国事忧愁。烟花:指春天繁花盛开的景色。诗人面对一年一度的春光美景,想到国难当头,感慨万千,写成此诗以讽刺朝廷,表现了诗人的爱国热情。

- 山外青山楼外楼,西湖歌舞几时休?暖风熏得游人醉,直把杭州作汴州。

  ◇ [宋]林升《题临安邸》

  前两句描写南宋统治者歌舞升平、粉饰太平的景象,后两句写他们忘记国耻、苟且偷安与麻木不仁。

- 江南江北犹断绝,秋风秋雨敢淹留?

  ◇ [宋]曾几《寓居吴兴》

  诗句抒发诗人忧国忧民之情:金宋之间的严重对峙,使江南江北断绝音讯,而南宋的局势,犹如凄冷的秋风秋雨,令人忧伤,自己又岂能长久淹留吴兴呢?

- 山河破碎风飘絮,身世浮沉雨打萍。

  ◇ [宋]文天祥《过零丁洋》

  以凄凉的自然景象比喻国势的衰微:祖国大好河山支离破碎得像被风吹散的飞絮,自己一生动荡不定像被雨敲打的水上浮萍。

- 只有一枝梧叶，不知多少秋声。

  ◇ [宋]张炎《清平乐》

  "不知多少秋声"其实是说秋声之多，语意含蓄，寄寓词人对国家衰亡、自身沦落的悲伤情感，有以少见多、举一喻百的作用。

- 九州生气恃风雷，万马齐喑究可哀。我劝天公重抖擞，不拘一格降人材。

  ◇ [清]龚自珍《己亥杂诗三百一十五首》之二十五

  诗句的大意是：国家要有生气，必须依赖急风暴雨般的变革，因为到处死气沉沉，实在叫人感到哀痛。我劝天公重新振作起来，不要拘泥于一定规矩，要把立志革新的人才降临到人间。

忧国忧民
YOUGUO YOUMIN

14 / 针砭时弊

ZHENBIAN SHIBI

- 柔则茹之，刚则吐之。

  ◇ 《诗经·大雅·烝民》

  茹：吃。诗句揭露当时社会欺软怕硬的世风：见到软弱的人就欺侮，遇到强暴的人就退让。

- 蝉翼为重，千钧为轻；黄钟毁弃，瓦釜雷鸣；谗人高张，贤士无名。

  ◇ 《楚辞·卜居》

  诗句揭露楚国社会是非颠倒、君子遭殃、小人得志的现象：蝉的翅膀是重的，三万斤的分量是轻的；律管黄钟遭到毁弃，瓦锅却被敲得轰响；说别人坏话的人可以胡作非为，圣人贤士却默默无闻。

- 文籍虽满腹，不如一囊钱。

  ◇ ［汉］赵壹《刺世疾邪诗二首》之一

  文籍：文章典籍，这里指学识。诗句揭露当时社会重视钱财、轻视学识的现实。

- 苍蝇间白黑,谗巧令亲疏。

  ◇ ［三国·魏］曹植《赠白马王彪》

  间:扰乱。诗句的大意是:苍蝇般的邪恶小人颠倒黑白,他们的谗言巧语使应亲近的人疏远了。

- 上邪下难正,众枉不可矫。

  ◇ ［南朝·宋］何承天《上邪篇》

  诗句的大意是:为官不正,手下的人就难以务正;走歪门邪道的人一多,要想纠正也就不可能了。

- 争利亦争名,驱车复驱马。

  ◇ ［南朝·梁］王僧孺《落日登高》

  诗句淋漓尽致地揭露了当时统治阶级争名夺利、互相倾轧的丑态:为争名夺利奔走不息,不是驱车去争,就是骑马去夺。

- 青蝇一相点,白璧遂成冤。

  ◇ [唐]陈子昂《宴胡楚真禁所》

  青蝇:苍蝇的一种,古人常用以比喻进谗言的人。点:玷污。诗句的大意是:奸佞小人的一句谗言,常常会使清白无辜的人蒙受冤屈。

- 珠玉买歌笑,糟糠养贤才。

  ◇ [唐]李白《古风五十九首》之十五

  诗句极言当时统治者生活的奢侈:君王用珠玉追求淫靡的生活,而天下有才之士却过着贫贱的日子。

- 此曲只应天上有,人间能得几回闻?

  ◇ [唐]杜甫《赠花卿》

  花卿:名敬定,成都府尹崔光远部将,因平叛立功,而居功自傲,骄恣不法,僭用天子礼乐宴欢,杜甫便赠诗予以委婉的讽刺,指出这宴会上的美妙乐曲,实非凡人所能随便享用的。

针砭时弊
ZHENBIAN SHIBI

- 朱门酒肉臭,路有冻死骨。

  ◇ [唐]杜甫《自京赴奉先县咏怀五百字》

  诗句深刻而形象地揭示了唐玄宗时代社会贫富之悬殊。

- 文章憎命达,魑魅喜人过。

  ◇ [唐]杜甫《天末怀李白》

  诗句有力地揭露了唐王朝摧残人才的黑暗:文才横溢、志趣高洁的人,必然在官场里引起奸佞小人的惶恐与忌恨,一定会遭到排斥和打击。

- 一丛深色花,十户中人赋。

  ◇ [唐]白居易《买花》

  仅仅买一丛"灼灼百朵红"的深色花,就要挥霍掉十户中等人家交纳的赋税。诗句揭露了当时社会生活的本质:统治者穷奢极欲,老百姓啼饥号寒。

- 一骑红尘妃子笑,无人知是荔枝来。

    ◇ [唐]杜牧《过华清宫绝句三首》之一

    诗句通过运送鲜荔枝这一典型事件,用"一骑红尘"与"妃子笑"构成鲜明的对比,深刻揭露了唐玄宗的荒淫好色、不恤民命的荒唐以及杨贵妃的恃宠而骄。

- 官仓老鼠大如斗,见人开仓亦不走。

    ◇ [唐]曹邺《官仓鼠》

    诗句以"官仓鼠"比喻那些只知道吮吸人民血汗的贪官污吏,借官仓老鼠之大而猖狂,痛骂当时社会贪官污吏之无耻。

- 朱门沉沉按歌舞,厩马肥死弓断弦。

    ◇ [宋]陆游《关山月》

    诗句用形象的语言叙述了南宋豪门贵族苟且偷生、奢侈腐败的生活情景。

- 遍身罗绮者,不是养蚕人。

　　◇　[宋]张俞《蚕妇》

　　诗句深刻地揭露了封建统治者不劳而获的本质:那些全身上下都穿着绫罗绸缎的人,恰恰都不是养蚕的人。

- 官仓岂无粟?粒粒藏珠玑。一粒不出仓,仓中群鼠肥。

　　◇　[宋]郑獬《采鳧茨》

　　诗句以带有强烈语气的反问句,愤怒地揭示出那些搜刮民脂民膏的封建统治者的本性与贪婪害人的老鼠一模一样。

15 / 军旅纪实
JUNLV JISHI

- 萧萧马鸣，悠悠旆旌。

    ◇ 《诗经·小雅·车攻》

    诗句写出了一种战马长鸣、旌旗飘动的军中场面。

- 朔气传金柝，寒光照铁衣。

    ◇ [北朝]《木兰诗》

    诗句描写战时宿营警戒的情况：北风传送着刁斗声，寒冷的月光照射在盔甲上。

- 几处吹笳明月夜，何人倚剑白云天。

    ◇ [唐]李益《盐州过胡儿饮马泉》

    诗句以只听到几处吹笳的悲苦声，表现出边塞荒凉的情景，并以"何人倚剑"来慨叹无人捍卫祖国、镇守边疆的忧愁。

- 天寒旗彩坏，地暗鼓声低。

    ◇ [隋]江总《雨雪曲》

    诗句以朴实的语言描绘了雨雪中的军旅生活：天气寒冷，冻坏了旌旗上的彩画；大地阴暗，潮湿的战鼓，发出低沉的声响。

- 雪暗凋旗画，风多杂鼓声。

　　◇　［唐］杨炯《从军行》

　　诗句把塞外沙场的景物描写得苍凉悲壮："雪暗""风多"暗示出征战生活的艰苦。

- 战鼓声未齐，乌鸢已相贺。

　　◇　［唐］于濆《塞下曲》

　　乌鸢：指乌鸦、老鹰。诗句极言战争之残酷：战鼓声刚刚响起，乌鸦、老鹰就知道会有许多尸体供它们啄食了，便高兴地鸣叫着。

- 行人刁斗风沙暗，公主琵琶幽怨多。

　　◇　［唐］李颀《古从军行》

　　诗句描写军中听到的声音，只有打更的刁斗声和幽怨的琵琶声，揭示出征战的悲凉和寂寞。

- 黄沙百战穿金甲,不破楼兰终不还。

　　　　　　◇ ［唐］王昌龄《从军行七首》之四

　　诗句是身经百战、铠甲都已磨穿的将士们所发出的誓言:不消灭入侵的敌寇决不回家。

- 白首相逢征战后,青春已过乱离中。

　　　　　　◇ ［唐］刘长卿《送李录事兄归襄邓》

　　诗句描写诗人和李录事战后相逢的情景,彼此都为战乱耗尽了青春年华,为其时间之长而发出慨叹。

- 醉卧沙场君莫笑,古来征战几人回?

　　　　　　◇ ［唐］王翰《凉州词二首》之一

　　诗句描写远戍边疆的将士们借酒解忧、痛饮作乐的场景,"醉卧沙场"表现出来的不仅是豪放、开朗、兴奋的感情,而且还有纵横疆场、视死如归的勇气。

- 四边伐鼓雪海涌,三军大呼阴山动。

    ◇ [唐]岑参《轮台歌奉送封大夫出师西征》

    诗句描写三军雄壮的声势和昂扬的士气:四面击鼓,雪海翻腾,三军怒吼,阴山震动。

- 摐金伐鼓下榆关,旌旆逶迤碣石间。

    ◇ [唐]高适《燕歌行》

    诗人通过金鼓齐鸣和军旗逶迤,描绘出征军队威武雄壮的声势。

- 落日照大旗,马鸣风萧萧。

    ◇ [唐]杜甫《后出塞五首》之二

    诗句是一幅有声有色的暮野行军图:落日西照,战旗猎猎,战马长嘶,朔风萧萧。表现出一种凛然庄严的行军场面。

- 五更鼓角声悲壮,三峡星河影动摇。

 ◇ ［唐］杜甫《阁夜》

 诗句将"鼓角"与"五更""声悲壮"结合,传达了战争频仍、兵革未息的气氛。

- 三春白雪归青冢,万里黄河绕黑山。

 ◇ ［唐］柳中庸《征人怨》

 诗句描写塞外风光,不但写边塞山川景色,而且联系本诗开头两句"岁岁金河复玉关,朝朝马策与刀环",写出了征人长年辗转塞外无法归家的哀怨。

- 独立扬新令,千营共一呼。

 ◇ ［唐］卢纶《和张仆射塞下曲》

 诗句写将军发布命令、千营兵士齐声呼应的场面,反映出士气的高昂和军纪的严明。

- 黑云压城城欲摧,甲光向日金鳞开。

    ◇ [唐]李贺《雁门太守行》

    诗句成功地渲染了敌军兵临城下的紧张气氛与危急形势,一个"压"字,把敌军人马众多、来势凶猛和守军将士的艰难处境淋漓尽致地表现出来,又以"甲光向日"来显示守军将士披坚执锐的阵营和严阵以待的士气。

- 发为胡笳吹作雪,心因烽火炼成丹。

    ◇ [明]王越《断句》

    诗句以白发、丹心相对,描写了一个长年戍守边塞的战士:头发被胡笳的曲调吹白了,心被不断的战火炼红了,抒发了戍边战士的豪情。

- 四面边声连角起,千嶂里,长烟落日孤城闭。

    ◇ [宋]范仲淹《渔家傲》

    词句描写西北边塞地区秋日傍晚的苍凉景色:军中的号角一吹,边塞的悲凉之声也随之而起;在层层山峰的环抱中,军营的炊烟升起来了;随着夕阳西下,孤零零的城池也关上了城门。

- 醉里挑灯看剑，梦回吹角连营。

  ◇ ［宋］辛弃疾《破阵子》

  词句描绘抗金将士的生活：酒醉时挑亮灯火，拔出宝剑看了又看。在梦中，仿佛自己横戈跃马转战沙场；醒来时，军营里正响着阵阵号角。表达了词人渴望战斗的激情。

- 三军甲马不知数，但见动地银山来。

  ◇ ［宋］陆游《出塞曲》

  诗句运用形象的比喻，生动地描绘了三军前进的壮阔场面：三军的人数不知道有多少，只见浩浩荡荡的人马像一座银山压过来，震得地动山摇。

- 宁为百夫长，胜作一书生。

　　　　　　　　　　　◇ ［唐］杨炯《从军行》

　　百夫长：泛指低级军官。诗句以豪迈的语言，表达了诗人耻作书生、向往边塞生活的豪情壮志。

- 醉卧沙场君莫笑，古来征战几人回。

　　　　　　　　　◇ ［唐］王翰《凉州词二首》之一

　　诗句中"醉卧沙场"表现出来的不仅是豪放、开朗、兴奋的感情，而且还有纵横疆场、视死如归的勇气。

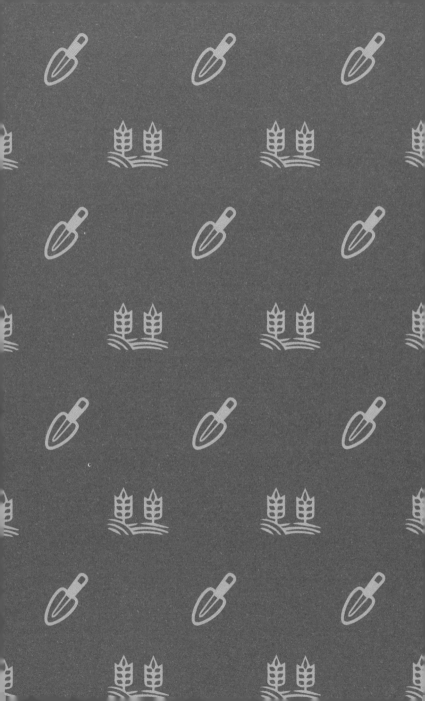

16 / 勤劳困苦

QINLAO KUNKU

- 江南可采莲,莲叶何田田!

    ◇ [汉]乐府古辞《江南》

    诗句看似描绘江南采莲风光,实为表现采莲人劳作时的快乐。

- 小麦青青大麦枯,谁当获者妇与姑。

    ◇ [汉]《桓帝时童谣二首》之一

    诗句描写当时社会兵役繁重,农活全都由妇女承担的情形:小麦还发着青色,大麦已经成熟了,担当收获任务的只能是媳妇和姑嫂们。

- 朝避猛虎,夕避长蛇,磨牙吮血,杀人如麻。

    ◇ [唐]李白《蜀道难》

    诗句淋漓尽致地刻画出天宝初年蜀中百姓生活之艰难。

勤劳困苦
QINLAO KUNKU

- 田父草际归,村童雨中牧。

  ◇ [唐]王维《宿郑州》

  这是一幅自然、恬静的农村写生画:庄稼汉踏着野草归来,牧童顶着细雨放牧。

- 开轩面场圃,把酒话桑麻。

  ◇ [唐]孟浩然《过故人庄》

  诗句生动、真实地描写了田园生活,不仅能让人领略到强烈的农村风味和劳动气息,甚至仿佛可以嗅到场圃上的泥土味。

- 吴牛喘月时,拖船一何苦!

  ◇ [唐]李白《丁督护歌》

  诗句以"因吴地天气较热,水牛怕热,以至夜间见了月亮也以为是太阳而吓得喘气"的典故,极言在炎热的夏天,纤夫劳动的艰辛。

- 炉火照天地,红星乱紫烟。

    ◇ [唐]李白《秋浦歌十七首》之十四

    炉火熊熊燃烧,红星四溅,紫烟蒸腾,广袤的天地被红彤彤的炉火照得通明。这一生动的冶炼场景使诗人发出新奇、兴奋之惊叹。

- 上天不雨粟,何由活烝黎。

    ◇ [唐]姚合《庄居野行》

    诗句的大意是:老天是不会降下粮食的,不耕种,老百姓怎么生活呢?

- 烟销日出不见人,欸乃一声山水绿。

    ◇ [唐]柳宗元《渔翁》

    诗句的大意是:太阳出来驱散了烟雾,却不见渔翁的影子,只听到一声渔歌在青山绿水中回荡。

勤劳困苦
QINLAO KUNKU

- 美人首饰侯王印,尽是沙中浪底来。

    ◇ [唐]刘禹锡《浪淘沙九首》之六

    诗句揭示当时社会不合理的现实:制作美人的首饰和王侯金印的金子,都是劳动人民辛苦从浪底沙中淘洗出来的。

- 可怜身上衣正单,心忧炭贱愿天寒。

    ◇ [唐]白居易《卖炭翁》

    "身上衣正单"却偏偏"愿天寒",这一违反常情的矛盾心理表明这位卖炭翁是把解决衣食问题的全部希望都寄托在"卖炭得钱"上,在冻得发抖的时候,一心盼望着天气更冷。

- 四海无闲田,农夫犹饿死。

    ◇ [唐]李绅《悯农二首》之一

    诗句以"农民用他们辛劳的双手获得丰收,而他们自己却两手空空、惨遭饿死"的事实,揭露当时社会的阶级矛盾和残酷现实。

- 谁知盘中餐,粒粒皆辛苦。

  ◇ [唐]李绅《悯农二首》之二

  诗句以农民的辛勤劳动,来感叹粮食来之不易。

- 辛苦日多乐日少,水宿沙行如海鸟。逆风上水万斛重,前驿迢迢波渺渺。

  ◇ [唐]王建《水夫谣》

  水宿:晚间在船上睡觉。沙行:白天在沙滩上行走。诗句描写了纤夫生活的艰辛。

- 二月卖新丝,五月粜新谷。医得眼前疮,剜却心头肉。

  ◇ [唐]聂夷中《咏田家》

  诗句以挖"心头肉"补"眼前疮",比喻农家为了度饥荒,不到收获季节就忍痛预先卖掉当年的收获。诗句描绘封建社会农家生活的苦难,寄托诗人的无限同情。

勤劳困苦
QINLAO KUNKU

- 采得百花成蜜后,为谁辛苦为谁甜。

  ◇ [唐]罗隐《蜂》

  诗句通过描写蜜蜂采花酿蜜这一自然现象,写出劳动者享受不到劳动成果的艰辛。

- 浪花有意千里雪,桃李无言一队春。

  ◇ [南唐]李煜《渔歌子》

  词句写渔父的生活环境:船边浪花翻滚如白雪一望千里,岸上桃花李花在春天里默默地争相开放。而如此美丽的景色,辛勤的渔父却是无暇顾及的。

- 君看一叶舟,出没风波里。

  ◇ [宋]范仲淹《江上渔者》

  一叶舟:形容小渔船在大江中像落叶漂浮在水面上。诗句道出了捕鱼人生活的艰辛。

- 家在翠微深处住,生计一犁春雨。

  ◇ [宋]王炎《清平乐》

  词句的大意是:住在山林深处的农家,为了谋生,在下过一场春雨后赶快犁田耕种。

- 谁家煮茧一村香,隔篱娇语络丝娘。

  ◇ [宋]苏轼《浣溪沙》

  隔篱:古时江南养蚕人家禁忌煮茧时去别家串门,故隔篱而语。词句描写农村煮茧缫丝的景象,表现蚕家妇女与邻居对谈的欢快情景。

- 两岸人家微雨后,收红豆,树底纤纤抬素手。

  ◇ [五代十国]欧阳炯《南乡子》

  词句透出浓郁的地域色彩和生活气息:岭南天热,微雨过后,业已成熟的红豆荚正待采摘,而远远望去,两岸人家近旁的相思树下,时隐时现着女子的靓丽身影和她们的纤纤玉臂。

勤劳困苦
QINLAO KUNKU

● 朝携一筐出，暮携一筐归。十指欲流血，且急眼前饥。

◇ ［宋］郑獬《采凫茨》

凫茨：荸荠。诗句描写乡野百姓采凫茨的艰辛，由"朝"到"暮"花了整整一天时间，才采到"一筐"，时间之长与数量之少形成对比，说明采之不易。

17 / 技艺才干

JIYI CAIGAN

- 仰手接飞猱,俯身散马蹄。

    ◇ [三国·魏]曹植《白马篇》

    诗句描写了一个身手轻捷、武艺高强的游侠形象。

- 草枯鹰眼疾,雪尽马蹄轻。

    ◇ [唐]王维《观猎》

    诗句写打猎场的实况。"草枯""雪尽"点明打猎的大好时机,"鹰眼疾""马蹄轻"道出猎物被发现之快及猎骑奔跑之迅速。

- 兴酣落笔摇五岳,诗成笑傲凌沧洲。

    ◇ [唐]李白《江上吟》

    诗句写出诗人摇笔赋诗时藐视一切、傲岸不羁的神态,是诗人对自己文学才能所作的极其自信的评价。

技艺才干
JIYI CAIGAN

- 谁家玉笛暗飞声,散入春风满洛城。

　　◇ [唐]李白《春夜洛城闻笛》

　　不知从哪里传来一阵阵笛声,那凄清婉转的曲调随风飘荡,飞遍了整个洛阳城。诗句以新颖的构思,把笛声悠扬、飘忽不定的情状微妙地表现出来。

- 为我一挥手,如听万壑松。

　　◇ [唐]李白《听蜀僧濬弹琴》

　　诗句用大山松林宏伟的声响比喻琴声,写出琴声的铿锵有力。

- 清水出芙蓉,天然去雕饰。

　　◇ [唐]李白《经乱离后天恩流夜郎忆旧游书怀赠江夏韦太守良宰》

　　诗句称赞韦太守文章的清新、自然,犹如出水芙蓉,明媚天然。

- 一声似向天上来,月下美人望乡哭。

  ◇ [唐]李贺《龙夜吟》

  向:从。诗句描写幽怨的笛声,仿佛从天而降,又好像月下的美人望乡而哭。

- 词源倒流三峡水,笔阵独扫千人军。

  ◇ [唐]杜甫《醉歌行》

  文辞滔滔不绝,犹如倒流奔腾的三峡水;书法自成阵势,挥洒自如,力扫千军。

- 李白一斗诗百篇,长安市上酒家眠。天子呼来不上船,自称臣是酒中仙。

  ◇ [唐]杜甫《饮中八仙歌》

  一斗诗百篇:李白饮一斗酒,就能写出一百篇诗,说明李白酒兴豪爽、文思敏捷。酒家眠:醉眠酒家。不上船:醉得不能上船。最后一句点明李白为人的豪放不羁。

- 借问梅花何处落,风吹一夜满关山。

  ◇ [唐]高适《塞上听吹笛》

  诗句构思巧妙,围绕《梅花落》的曲调展开奇特的想象:那四处飘荡的笛声,仿佛梅花片片飘落。

- 织为云外秋雁行,染作江南春水色。

  ◇ [唐]白居易《缭绫》

  用"云外秋雁"与"江南水色"极写女工织绫、染色之技巧无比高妙。

- 风入寒松声自古,水归沧海意皆深。

  ◇ [唐]刘威《欧阳示新诗因贻四韵》

  诗句称赞欧阳的诗像风入寒松、水归沧海一样,古朴而充满深情。

- 昔有佳人公孙氏，一舞剑器动四方。观者如山色沮丧，天地为之久低昂。

  ◇ ［唐］杜甫《观公孙大娘弟子舞剑器行》

  诗句回忆童年观公孙大娘舞剑器的精妙：其剑术闻名四方，观者皆惊讶失色，整个天地好像都随着她的剑器舞而起伏低昂，久久无法恢复平静。

- 清新庾开府，俊逸鲍参军。

  ◇ ［唐］杜甫《春日忆李白》

  诗句赞美李白的诗像庾信那样清新，像鲍照那样俊逸。

- 国朝盛文章，子昂始高蹈。

  ◇ ［唐］韩愈《荐士》

  陈子昂的诗标举汉魏风骨，强调兴寄，反对柔靡之风，是唐代诗歌革新的先驱。诗句高度概括了陈子昂在诗歌史上所作出的革新贡献，赞扬陈子昂开盛唐一代诗风。

技艺才干
JIYI CAIGAN

- 李杜文章在,光焰万丈长。

    ◇ [唐]韩愈《调张籍》

    诗句是诗人对李杜作品的高度赞扬,体现出诗人对李杜的崇敬之情。

- 刻意伤春复伤别,人间唯有杜司勋。

    ◇ [唐]李商隐《杜司勋》

    杜司勋:杜牧曾任司勋员外郎。诗句是对杜牧诗的极大推崇。

- 杜诗韩集愁来读,似倩麻姑痒处抓。

    ◇ [唐]杜牧《读韩杜集》

    麻姑:晋人葛洪《神仙传》说:仙人麻姑手纤长可搔背痒。倩:同"请"。诗句说愁闷的时候读杜甫的诗和韩愈的文,会获得极大的精神享受。

- 女娲炼石补天处,石破天惊逗秋雨。

  ◇ [唐]李贺《李凭箜篌引》

  诗句用"石破天惊"描写出李凭箜篌声之高绝:音乐声仿佛把女娲补好的天都惊破了,使秋雨纷纷落下来了。

- 昆山玉碎凤凰叫,芙蓉泣露香兰笑。

  ◇ [唐]李贺《李凭箜篌引》

  诗句描写箜篌的声音,用"玉碎"形容乐曲声的激越清脆,用"凤凰叫"比喻曲调的柔和动听,用"芙蓉泣露"象征声音的哀怨凄惨,用"香兰笑"描写曲调的明媚妍丽。十分形象地表达出箜篌声之超绝、动人。

- 大弦嘈嘈如急雨,小弦切切如私语。嘈嘈切切错杂弹,大珠小珠落玉盘。

  ◇ [唐]白居易《琵琶行》

  诗句用急雨声、私语声、珠落盘声来比喻琵琶弹奏出的旋律的变化,用听觉感受与视觉感受同时表现琵琶女弹奏技艺的高超,令人目不暇接、眼花缭乱。

- 当其下手风雨快,笔所未到气已吞。

    ◇ [宋]苏轼《王维吴道子画》

    诗句评述吴道子的画运笔迅速,气势浩大,所作能一气呵成。

- 天机云锦用在我,剪裁妙处非刀尺。

    ◇ [宋]陆游《九月一日夜读诗稿有感走笔作歌》

    诗句是诗人总结自己几十年来从事诗歌创作的感受:对诗词的炼字造句,就像织女所用的织机和织出的带有云纹图案的锦缎一样,剪裁得当,不是寻常的刀尺所能做得到的。

- 手挥琵琶送飞鸿,促弦聒醉惊客起。

    ◇ [宋]黄庭坚《听宋宗儒摘阮歌》

    诗句用"醉"者尚被"聒"起,反衬音乐的强烈效果,表现宋宗儒弹奏琵琶的超群技艺。

- 满堂洗尽筝琶耳,请师停手恐断弦。

   ◇ [宋]黄庭坚《寄题荣州祖元大师此君轩》

   诗句以满堂听众都把那听惯了嘈杂的筝琶声的耳朵洗个彻底再来欣赏这古琴的雅韵,听到琴曲的高妙之处,都希望祖元停手,恐怕琴弦断了,再也听不到这古雅的琴曲了。反衬出祖元大师琴艺之高超。

- 泠泠七弦上,静听松风寒。

   ◇ [唐]刘长卿 《听弹琴》

   诗句中的"泠泠"形容琴声清幽,而"静听松风寒"则表达了听琴时的感受,营造出一种孤寂清冷的氛围。

技艺才干
JIYI CAIGAN

18 / 人生境遇
RENSHENG JINGYU

- 长太息以掩涕兮,哀民生之多艰。

　　◇ 《楚辞·离骚》

　　诗句的大意是:我长长地叹息,不断地拭泪,哀叹民众的生活如此艰难。诗句写出诗人因屡遭奸臣诬陷又得不到昏君理解的无比忧愤和对民众困苦生活无比同情的心情。

- 沧浪之水清兮,可以濯吾缨;沧浪之水浊兮,可以濯吾足。

　　◇ 《楚辞·渔父》

　　沧浪的水清,我就用它洗我的帽带;沧浪的水浊,我就用它洗我的脚。诗句借渔人之口,揭示了一种顺应时势、随遇而安的庸俗之见。

- 体无纤微疾,安用问良医!

　　◇ [三国·魏]毌丘俭《答杜挚诗》

　　诗句的言外之意是:正直而又有才能的人总有一天会受到重用的。

- 采菊东篱下,悠然见南山。

  ◇ [晋]陶潜《饮酒二十首》之五

  诗句写诗人悠然自得的隐居生活。

- 何世无奇才,遗之在草泽。

  ◇ [晋]左思《咏史八首》之七

  诗句抒发诗人怀才不遇的慨叹:哪个朝代没有奇才存在呢,只不过是弃在山野中得不到施展才能的机会罢了。

- 对案不能食,拔剑击柱长叹息。

  ◇ [南朝·宋]鲍照《拟行路难十八首》之六

  诗句描写有雄心壮志而不得施展的感慨:面对杯盘而无心进餐,只能拔出剑来敲击着梁柱,发出长长的叹息。

- 自古圣贤尽贫贱,何况我辈孤且直!

  ◇ [南朝·宋]鲍照《拟行路难十八首》之六

  诗句抒发对门第社会的不满之情:自古以来才德高尚的人都是贫贱的,何况我们这种身世卑微而又耿直不逊的人呢!

- 此处不留人,自有留人处。

  ◇ [南朝·陈]陈叔宝《戏赠沈后》

  传说陈后主宠爱张贵妃,很少到沈皇后住处去;即使去了,也暂入便出。沈皇后因此而冷淡陈后主,陈后主就写了此诗。这两句现已成为想改换一下环境或工作的牢骚话。

- 那堪玄鬓影,来对白头吟。

  ◇ [唐]骆宾王《在狱咏蝉》

  玄鬓:指蝉的黑色的翅膀,诗人以蝉的黑色翅膀比喻自己风华正茂。诗句极写诗人与蝉为邻、凄苦愁思的铁窗生活。

- 无人信高洁,谁为表予心。

  ◇ [唐]骆宾王《在狱咏蝉》

  诗人借蝉自喻,希望有人能够相信自己是无辜受冤,但遗憾的是高洁却不能取信于人,诗人为此而忧伤。

- 前不见古人,后不见来者。念天地之悠悠,独怆然而涕下!

  ◇ [唐]陈子昂《登幽州台歌》

  诗句以慷慨悲凉的调子,表达诗人失意的境遇和寂寞苦闷的情怀:回想古今,瞻望未来,不遇知音,不禁悲从中来,怆然而流泪了。

- 行到水穷处,坐看云起时。

  ◇ [唐]王维《终南别业》

  诗句表现诗人随意而行、自得其乐的闲适情趣。

- 两岸猿声啼不住,轻舟已过万重山。

　　◇　[唐]李白《早发白帝城》

　　诗句表现诗人获得自由后的愉快心情:历经艰险、重履康庄的快感,如轻舟进入坦途,顺流而下。

- 人生得意须尽欢,莫使金樽空对月。天生我材必有用,千金散尽还复来。

　　◇　[唐]李白《将进酒》

　　从表面看,诗句似乎在宣扬人生短促、应及时行乐的思想,但实质是诗人怀才不遇的愤懑心情的流露,更是诗人蔑视功名富贵和乐观好强的自信心的表达。诗句气势雄浑,感情奔放。

- 大道如青天,我独不得出。

　　◇　[唐]李白《行路难三首》之二

　　诗句以天地的广大反衬诗人不得志的悲愤,深刻反映了诗人怀才不遇的愤懑心情。

- 黄金白璧买歌笑，一醉累月轻王侯。

  ◇ ［唐］李白《忆旧游寄谯郡元参军》

　　诗句抒写诗人饮酒作乐、傲视权贵的思想以及怀才不遇的愤懑心情。

- 五岳寻仙不辞远，一生好入名山游。

  ◇ ［唐］李白《庐山谣寄卢侍御虚舟》

　　诗句既是李白一生游历生活的形象写照，又透露出诗人寻仙求道的隐逸之心。

- 抽刀断水水更流，举杯消愁愁更愁。

  ◇ ［唐］李白《宣州谢朓楼饯别校书叔云》

　　诗句用"抽刀断水水更流"这一奇特而富有独创性的比喻表达诗人力图摆脱不得志的苦闷心情。

- 沉舟侧畔千帆过，病树前头万木春。

    ◇ [唐]刘禹锡《酬乐天扬州初逢席上见赠》

    诗人用"沉舟""病树"自比，感叹自己遭遇被贬的不幸，"千帆过""万木春"表达了诗人在经受仕途沉沦后，仍具有的豁达胸怀。

- 别有幽愁暗恨生，此时无声胜有声。

    ◇ [唐]白居易《琵琶行》

    此时无声胜有声："无声"比"有声"更能引起听者的共鸣，表现了诗人对"出官二年，恬然自安"后遭"迁谪"的怨恨。诗句感情深沉，表现手法耐人寻味。

- 千呼万唤始出来，犹抱琵琶半遮面。

    ◇ [唐]白居易《琵琶行》

    诗句逼真地写出了琵琶女的出场之态，由于有满肚子的"天涯沦落之恨"不便明说，在此情此景中更不想见人，这就把琵琶女复杂的内心活动表现得恰到好处。

人生境遇
RENSHENG JINGYU

- 嫦娥应悔偷灵药,碧海青天夜夜心。

◇ ［唐］李商隐《嫦娥》

诗人因才华横溢、孤高自赏而遭到俗恶势力的妒忌和排挤,以至仕途不顺、岁月蹉跎,心情的凄凉孤寂是很难受的。

- 今朝有酒今朝醉,明日愁来明日愁。

◇ ［唐］罗隐《自遣》

诗句是诗人不得意时自我排遣的写照。后人常引用来形容得过且过、消极苟且的生活态度。

- 不应有恨,何事长向别时圆。

◇ ［宋］苏轼《水调歌头》

词句的大意是:月亮与人们应该没有什么怨恨,但为什么总是在人们离别时圆呢?表达了词人因遭贬而愤懑不平的心理。

- 江上秋风无限浪,枕中春梦不多时。

    ◇ [宋]苏轼《次韵蒋颖叔》

    诗句以"秋江上的风浪"来比喻诗人仕途上遭受的挫折,将"春梦容易消逝"比喻诗人仕途得意的短暂。

- 人皆养子望聪明,我被聪明误一生。

    ◇ [宋]苏轼《洗儿》

    后人常用的熟语"聪明反被聪明误"即由这两句诗变化而来:人们养育儿子都希望儿子聪明,可我这一生却被聪明害苦了。

- 欲将心事付瑶琴,知音少,弦断有谁听?

    ◇ [宋]岳飞《小重山》

    词句托物言志,慨叹自己的抗金主张无人理解:想弹起瑶琴寄托自己的心事,可惜缺少知音,琴弦拨断了也没有人来倾听。字里行间充满着幽愤与苦闷。

人生境遇
RENSHENG JINGYU

- 满地芦花和我老,旧家燕子傍谁飞?

　　◇ [宋]文天祥《金陵驿》

　　诗人触景生情,由暮秋时节满地的芦花和无所依傍的燕子想到自身的处境,感到无限悲痛。

- 万山秋叶下,独坐一灯深。

　　◇ [明]何景明《十四夜》

　　诗句极言景色的荒凉与诗人独处的孤独:万山秋林叶落,林中深处一盏孤灯。

- 寄言后世艰难子,白日青天奋臂行。

　　◇ [清]龚自珍《呜呜硜硜》

　　诗句告诫后人:尽管道路曲折艰辛,也要光明正大地努力奋斗、勇于前进!

19 / 事业志向

SHIYE ZHIXIANG

- 与天地兮同寿,与日月兮同光。

　　◇　《楚辞·九章·涉江》

　　诗人因自己高洁的品行不为人们所理解而感伤,真诚地希望自己的名声能与天地同样万寿无疆,自己的事业能与日月一样永放光芒。

- 苟怀四方志,所在可游盘。

　　◇　[晋]欧阳建《临终诗》

　　诗句鼓励后人要树立远大志向,建功立业:如果志在四方,那么随处都可以有所作为。

- 春风得意马蹄疾,一日看尽长安花。

　　◇　[唐]孟郊《登科后》

　　诗句真实地表现了诗人登科后的得意之情:在和煦的春光下,得意扬扬地骑马疾驰,一天之内就把整个长安的繁花胜景看完了。后以"春风得意"形容事情办成后喜气洋洋的情态。

- 古来青史谁不见,今见功名胜古人。

    ◇ [唐]岑参《轮台歌奉送封大夫出师西征》

    诗句的大意是:古人之功名书在简策,万口流传,早已感到不新鲜了,数风流人物,还看今朝。

- 功盖三分国,名成八阵图。

    ◇ [唐]杜甫《八阵图》

    诗句赞颂诸葛亮的丰功伟绩,说他在确立魏蜀吴三分天下、鼎足而立局势的过程中,功绩卓绝,而创制八阵图,更使他名声卓著。

- 吟咏留千古,声名动四夷。

    ◇ [唐]白居易《读李杜诗集,因题卷后》

    四夷:四方边远之处。这几句写李白、杜甫诗歌对后人影响之大。

- 东风不与周郎便,铜雀春深锁二乔。

　　　　　　　　　　　◇ [唐]杜牧《赤壁》

　　这是一首怀古诗。诗句感叹周瑜成功之侥幸,如果不是东风为周瑜提供了方便,则很可能东吴要大败,连二乔也要被曹操掳走锁进铜雀台了。

- 绿水青山知有君,白云明月偏相识。

　　　　　　　　　　　◇ [唐]任华《寄李白》

　　诗句说李白名气很大,连绿水青山、白云明月都认识他。

- 江声不尽英雄恨,天意无私草木秋。

　　　　　　　　　　　◇ [宋]陆游《黄州》

　　诗句表达诗人对岁月飞逝而自己忠心报国的志向未能实现的遗憾:滔滔江水洗不去英雄的怨恨,岁月蹉跎,英雄豪杰也会像秋天的草木一样衰老凋零。

事业志向
SHIYE ZHIXIANG

- 问长缨，何时入手，缚将戎主。

　　◇　[宋]刘克庄《贺新郎》

　　词句写出词人渴望横刀疆场、杀敌报国的迫切心情：什么时候才能将长缨握在手中，捆住敌寇首领。

20 / 繁华·喜庆·丰收

FANHUA · XIQING · FENGSHOU

- 呦呦鹿鸣，食野之苹。我有嘉宾，鼓瑟吹笙。

    ◇ 《诗经·小雅·鹿鸣》

    在空旷的原野上，一群麋鹿悠闲地吃着野草，不时发出呦呦的鸣叫声，十分悦耳动听。诗句以此起兴，营造了一个热烈而又和谐的宴会场面。

- 江南佳丽地，金陵帝王州。

    ◇ ［南朝·齐］谢朓《入朝曲》

    佳丽地：美女荟萃之地。金陵：南京的古称，为都城之地。诗句极言都城的繁华。

- 三条九陌丽城隈，万户千门平旦开。

    ◇ ［唐］骆宾王《帝京篇》

    陌：道路。隈：角落。诗句描写长安城的街道和住宅，显示出交通发达、人烟稠密的景象。

- 火树银花合,星桥铁锁开。

    ◇ [唐]苏味道《正月十五夜》

    诗句突出地记载了初唐京城节日的盛况:满街都是绚丽灿烂的灯光烟火,连桥上的铁锁也开启了,任人通行。

- 喜心翻倒极,呜咽泪沾巾。

    ◇ [唐]杜甫《喜达行在所三首》之二

    诗人刚刚脱离叛军的淫威,又得到朝廷的重用,这种激动和喜悦,使诗人简直不能自已。诗句真实地表现了诗人当时悲喜交集、喜极而泣的激动心情。

- 白日放歌须纵酒,青春作伴好还乡。

    ◇ [唐]杜甫《闻官军收河南河北》

    过着漂泊生活的诗人听闻持续近八年的安史之乱宣告结束,官军相继收复河南、河北等地的消息后,欣喜若狂,当即决定返回故乡,并写下这一脍炙人口的名句。

- 却看妻子愁何在,漫卷诗书喜欲狂。

  ◇ [唐]杜甫《闻官军收河南河北》

  持续近八年的安史之乱宣告结束,多年来笼罩全家的愁云不知跑到哪儿去了,亲人们笑逐颜开,喜气洋洋,诗人自己也无心伏案,卷起诗书,与大家同享胜利的欢乐。

- 鹅湖山下稻粱肥,豚栅鸡栖半掩扉。桑柘影斜春社散,家家扶得醉人归。

  ◇ [唐]王驾《社日》

  诗句写五谷丰登,六畜兴旺,表现出节日的喜庆。又通过"醉人归"这个细节,展示了社日场面的热闹与欢乐。

- 两岸山花似雪开,家家春酒满银杯。

  ◇ [唐]刘禹锡《竹枝词九首》之五

  诗句极力描写山花烂漫、人们生活富足的景象。

- 满耳笙歌满眼花,满楼珠翠胜吴娃。

  ◇ [前蜀]韦庄《陪金陵府相中堂夜宴》

  诗句描写盛大宴席的豪华场面:满耳的笙箫吹奏,满眼的花容月貌,满楼的红粉佳丽佩戴着耀眼的珠宝翡翠,真比吴娃还美。

- 红旗高举,飞出深深杨柳渚。鼓击春雷,直破烟波远远回。

  ◇ [宋]黄裳《减字木兰花》

  词句采用白描手法,通过色彩、声音来刻画竞渡夺标的热烈紧张气氛。

- 东南形胜,三吴都会,钱塘自古繁华。

  ◇ [宋]柳永《望海潮》

  词句以鸟瞰式的镜头,概括了杭州的全貌,极言其为东南一带、三吴地区的重要都市,历史悠久,山川景色美丽多姿,市井繁华。

- 二十四桥千步柳,春风十里上珠帘。

  ◇ [宋]韩琦《维扬好》

  词句选用扬州的名胜二十四桥和昂贵的珠帘来表现扬州兴盛繁华的景象:二十四桥旁绿柳成荫,扬州城里春光明媚,家家挂上了珠帘。

- 丰年处处人家好,随意飘然得往还。

  ◇ [宋]王安石《歌元丰五首》之五

  诗句歌颂元丰初年社会安定、农业丰收的景象。

- 鲥鱼出网蔽洲渚,荻笋肥甘胜牛乳。

  ◇ [宋]王安石《后元丰行》

  鲥鱼、荻笋:均为佐酒佳肴。诗句把江南鱼米之乡的富庶和农民生活的美好渲染得令人神往。

- 麦行千里不见土,连山没云皆种黍。

  ◇ ［宋］王安石《后元丰行》

  麦行:麦垄。不见土:形容麦苗稠密茂盛。连山没云:即无边无际、远与天齐的意思。如此广大的原野都种满了黍麦,秋后家给人足和国无饥馑之患自不待言。

- 爆竹声中一岁除,春风送暖入屠苏。千门万户曈曈日,总把新桃换旧符。

  ◇ ［宋］王安石《元日》

  爆竹声中旧的一年过去了,春风送暖,人们喜气洋洋地喝着屠苏酒,初升的太阳照亮千家万户,家家换上新的桃符,喜迎新的一年。

- 社下烧钱鼓似雷,日斜扶得醉翁回。

  ◇ ［宋］范成大《春日田园杂兴十二绝》之五

  春社是古时农村祈祝丰收的重要节日。诗句描写人们祭社时的热闹场面:焚烧纸钱、敲锣打鼓、大摆酒席、开怀畅饮。

- 稻花香里说丰年,听取蛙声一片。

  ◇ [宋]辛弃疾《西江月》

  词句以稻香、蛙声传达丰收的喜悦:秋风送来阵阵稻花的清香,水塘远近,一片蛙声,仿佛在告诉人们今年又是一个丰收年。

- 东风夜放花千树,更吹落,星如雨。

  ◇ [宋]辛弃疾《青玉案》

  词句用夸张手法描绘元宵之夜灯火交辉的盛况:繁盛的灯火,像被春风吹开的千树万树的银花,又像是被吹落的星雨。

- 喜极不得语,泪尽方一哂。

  ◇ [宋]陈师道《示三子》

  诗句将久别重逢后的欣喜之情表现得淋漓尽致:相顾无言,泪洒千行,破涕为笑。

- 久旱逢甘雨，他乡遇故知，洞房花烛夜，金榜题名时。

    ◇ ［宋］汪洙《喜》

    诗句描述人生所遇到的四件最值得喜庆的事。

21 / 生活·处世·哲理
SHENGHUO · CHUSHI · ZHELI

- 鹤鸣于九皋,声闻于天。

  ◇ 《诗经·小雅·鹤鸣》

  诗句以鹤即使身处低处,鸣叫声也能响彻云外,比喻真理和才能是不可抹杀的。

- 如彼筑室于道谋,是用不溃于成。

  ◇ 《诗经·小雅·小旻》

  诗句的大意是:盖房子去征求行人的意见,这房子是盖不成的。说明了人多嘴杂、意见不一就办不成事情的道理。

- 匪面命之,言提其耳。

  ◇ 《诗经·大雅·抑》

  匪:同"非"。命:教训。诗句的大意是:我非但要当面教训你,还要提起你的耳朵嘱咐你。后人以"耳提面命"来形容悬切地教诲或耐心地嘱咐。

- 甘瓜抱苦蒂，美枣生荆棘。

　　◇ ［汉］无名氏《甘瓜抱苦蒂》

　　诗句以甜瓜育于苦蒂，蜜枣生于棘丛来说明要想取得好成绩必须经过一番艰辛努力的道理。

- 白圭之玷，尚可磨也；斯言之玷，不可为也。

　　◇ 《诗经·大雅·抑》

　　圭：古代帝王举行礼仪时所用的玉器，上尖下方。玷：玉上的斑点。诗句告诫人们：言辞不慎会酿成大错。

- 瞻前而顾后兮，相观民之计极。夫孰非义而可用兮？孰非善而可服？

　　◇ 《楚辞·离骚》

　　诗句的大意是：看看前朝和近代，可以观察出人们衡量是非的标准：哪个不义、不善的人能够行得通啊？诗句告诫人们不义、不善之举必将遭到世人的唾弃而归于失败。

- 欢乐极兮哀情多。少壮几时兮奈老何!

  ◇ ［汉］刘彻《秋风辞》

  诗句即景抒情,感秋怀人:往往欢喜到极点的时候,悲伤的感情就多起来;少壮的年华为时不久,人无法抗拒渐渐衰老。

- 志士惜日短,愁人知夜长。

  ◇ ［晋］傅玄《杂诗三首》之一

  诗句的大意是:有志之士因急于完成许多事情而叹惜白天太短,忧愁之人因苦苦思虑、夜不能寐而感到黑夜太长。

- 问君何能尔?心远地自偏。

  ◇ ［晋］陶潜《饮酒二十首》之五

  虽然居住在人世间,但没有车马等俗事的干扰,怎么能够如此呢?只要心神安宁了,就如同远离尘嚣、身处僻静之地了。

- 众鸟欣有托，吾亦爱吾庐。

　　◇　[晋]陶潜《读山海经十三首》之一

　　树木成荫，鸟儿们为有所依托而欣喜，我也因此而爱恋自己受其荫庇的庐舍。写出万物各得其所之妙。

- 大马死，小马饿；高山崩，石自破。

　　◇　[晋]无名氏《明帝太宁初童谣》

　　诗句富有哲理，说明整体与局部的关系：整体可以左右局部的命运，整体失败了，局部也就难保了。比喻新颖准确。

- 疾风知劲草，板荡识诚臣。

　　◇　[唐]李世民《赐萧瑀》

　　诗句形象地比喻危难时才能考验出人的意志的坚强与否；政局混乱不安，才能识别出臣子的忠心与否。

- 功名富贵若长在,汉水亦应西北流。

  ◇ [唐]李白《江上吟》

  汉水由汉阳入长江,是从西北流向东南的,不可能向西北倒流。诗人以汉水不可倒流,说明功名富贵不会长在的道理。

- 屈平词赋悬日月,楚王台榭空山丘。

  ◇ [唐]李白《江上吟》

  诗句通过对屈原的词赋可与日月争光、永垂不朽,而供楚王享乐的宫观台榭早已荡然无存的描写,形象地说明了属于进步的终将不朽、属于反动的必将灭亡的真理。

- 始知五岳外,别有他山尊。

  ◇ [唐]杜甫《木皮岭》

  诗句以山外有山、天外有天,告诉人们不可妄自尊大或拘于一隅。

- 芳林新叶催陈叶,流水前波让后波。
◇ [唐]刘禹锡《乐天见示伤微之敦诗晦叔三君子皆有深分因成是诗以寄》

　　这是诗人对故人伤逝的感伤而写下的寓意深刻的诗句。诗句以新陈代谢是自然界的必然规律,劝诫友人不必为此过分感伤。

- 长恨人心不如水,等闲平地起波澜。
◇ [唐]刘禹锡《竹枝词九首》之七

　　这是诗人在屡受小人诬陷、权贵打击后发自内心的感慨:瞿塘峡之所以险是因为水中有道道险滩,而人心"等闲平地"也会起波澜,岂不叫人防不胜防?

- 流水淘沙不暂停,前波未灭后波生。
◇ [唐]刘禹锡《浪淘沙九首》之九

　　诗句以形象的语言揭示了时光不会停留、历史不可割断的规律:滔滔的流水一刻不停地淘洗着河沙;前面的波浪还没有消失,后面的波浪又出现了。

- 试玉要烧三日满,辨材须待七年期。

    ◇ [唐]白居易《放言五首》之三

    诗句说明了一个极其通俗的道理:要想对人、对事有一个全面的辨识,就要经过时间的考验。

- 不识庐山真面目,只缘身在此山中。

    ◇ [宋]苏轼《题西林壁》

    为什么看不清庐山的真面目?只因为自己处在这座山的当中。诗人由观赏山景受到启发,阐明"当局者迷,旁观者清"的道理。

- 人有悲欢离合,月有阴晴圆缺,此事古难全。

    ◇ [宋]苏轼《水调歌头》

    这是词人在孤独苦闷中的自我安慰,又揭示出一条自然规律:人有离合,月有圆缺,本是自古以来的常事,没有什么值得过分伤怀。

- 山重水复疑无路,柳暗花明又一村。

  ◇ [宋]陆游《游山西村》

  重重山峦、条条溪水好像挡住去路,可是山回路转,又是一个绿柳成荫、山花烂漫的村庄。后人往往用其来形容绝处逢生的境况或进入一个别有天地的境界。

- 春色满园关不住,一枝红杏出墙来。

  ◇ [宋]叶绍翁《游园不值》

  园门虽然关得很紧,但那满园的春色却是关不住的,有一枝红杏花不是迎着春光探出墙来了吗?诗句清新而充满哲理,告诫人们一切美好、向上、生机勃勃的事物,都具有顽强的生命力。

- 藏书万卷可教子,遗金满籝常作灾。

  ◇ [宋]黄庭坚《题胡逸老致虚庵》

  诗书传家能使后代成才,而遗金满篓往往会给子孙招来祸害。

- 近水楼台先得月,向阳花木易为春。

　　　　　　　　　　　◇ ［宋］苏麟《断句》

　　临水的楼台没有树木遮掩,先得到月光的映射;向阳的花木光照条件较好,春天来临时最先发芽。后人以"近水楼台"比喻由于接近某人或某事物,而得到优先的机会。

- 衣不如新,人不如故。

　　　　　　　　　　　◇ ［汉］无名氏《古艳歌》

　　诗人用简单朴实的语言总结出一条具有普遍意义的生活经验:旧衣服不如新衣服,新朋友不如老朋友。

- 无可奈何花落去,似曾相识燕归来。

　　　　　　　　　　　◇ ［宋］晏殊《浣溪沙》

　　词句在描写残春景色和词人惜春情绪时,又蕴含着某种生活哲理:一切必然要消逝的美好事物都无法阻止其消逝,但在消逝的同时仍然有美好的事物再现。

- 天近易回三辅雁，地高先得九州秋。

  ◇ ［清］袁枚《秦中杂感八首》之五

  西北地处高原，最先感受到季节的变化和秋天的到来，所以三辅附近的大雁回南方也最早。诗句与"近水楼台先得月，向阳花木易为春"有异曲同工之妙。

- 瓜田不纳履，李下不正冠。

  ◇ ［汉］乐府古辞《君子行》

  纳履：提鞋。正冠：扶正帽子。诗句劝人要注意避嫌：在瓜田中不弯腰提鞋，在李树下不举手整冠，免得被人疑为偷瓜窃李。后人以"瓜田李下"比喻容易产生嫌疑的地方。

- 道远知骥，世伪知贤。

  ◇ ［三国·魏］曹植《矫志诗》

  骥：好马。伪：不正。贤：贤正。诗句点明了"路遥知马力，日久见人心"和世乱方知贤与奸的深刻道理。

- 贞脆由人，祸福无门。

◇ ［晋］陶潜《荣木一首》

贞：坚强。脆：脆弱。诗句的大意是：坚强和懦弱是人们自己所采取的态度，它决定了遭祸还是得福，而祸福并非自有门径。

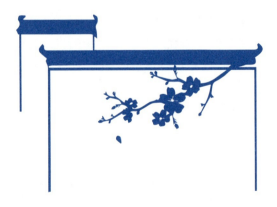